モンテーニュの言葉

人生を豊かにする365の名言

Les mots de Montaigne

久保田剛史 編
宮下志朗 訳

白水社

モンテーニュの言葉　人生を豊かにする365の名言

本文組・イラスト・装丁　mg-okada

はじめに

本書は、『エセー』の魅力的な思想やモンテーニュの軽妙な語り口を多くの読者に気軽に味わってもらいたい、と願って作られた。

第一部「名言篇」では、白水社刊の『エセー』（宮下志朗訳、全7冊）から印象深い名言を選び出し、十章に分けて編集した。収められた名言は350句であるが、読者の方々が毎日一句ずつ、モンテーニュの言葉に親しみながら、人生を味わって生きられるように、という思いで、副題は「人生を豊かにする365の名言」とした。365日には少し足りないが、きっちり365句よりも、ときどき忘れたりサボったりしながらの一年分というほうが、寛容なモンテーニュの思想には合っているような気がする。

第二部「要約篇」では、『エセー』各章の大まかな内容が紹介されている。これから『エセー』を読もうとする方にとって、作品全体の流れをつかむための手助けとなるにちがいない。さらには、すでに『エセー』を読んだことのある方にとっても、作品の理解をいっそう深めるのに役立つことであろう。

本書を通して、読者のみなさんがモンテーニュの言葉に感銘や刺激を受け、人生を楽しく、かつ賢明に生きるためのヒントを見いだしてくだされば幸いである。

編者

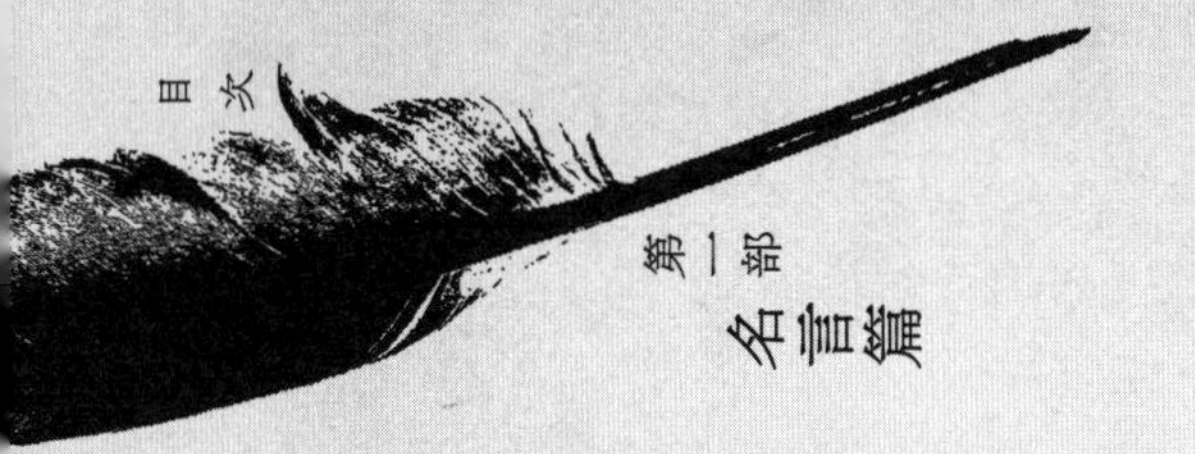

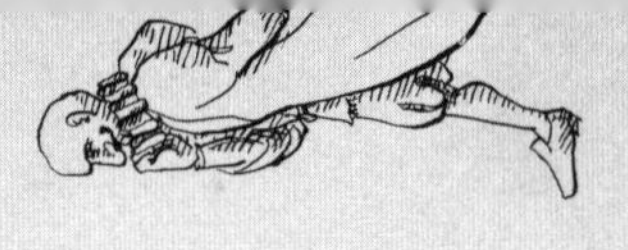

第一部
名言篇

Moi et le monde
1 世間と私

L'homme et la femme
2 男と女

Le corps et le cœur
3 心とからだ

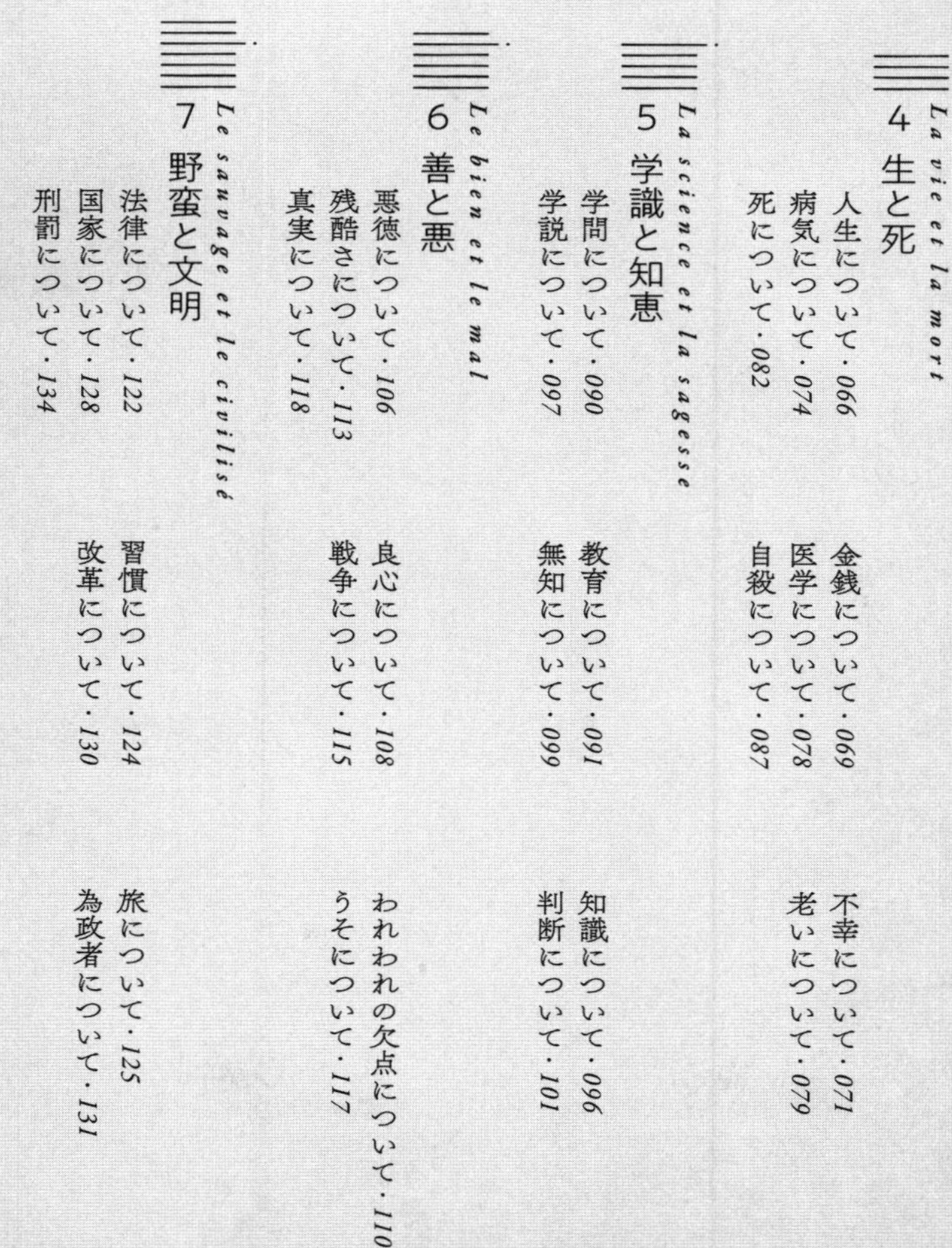

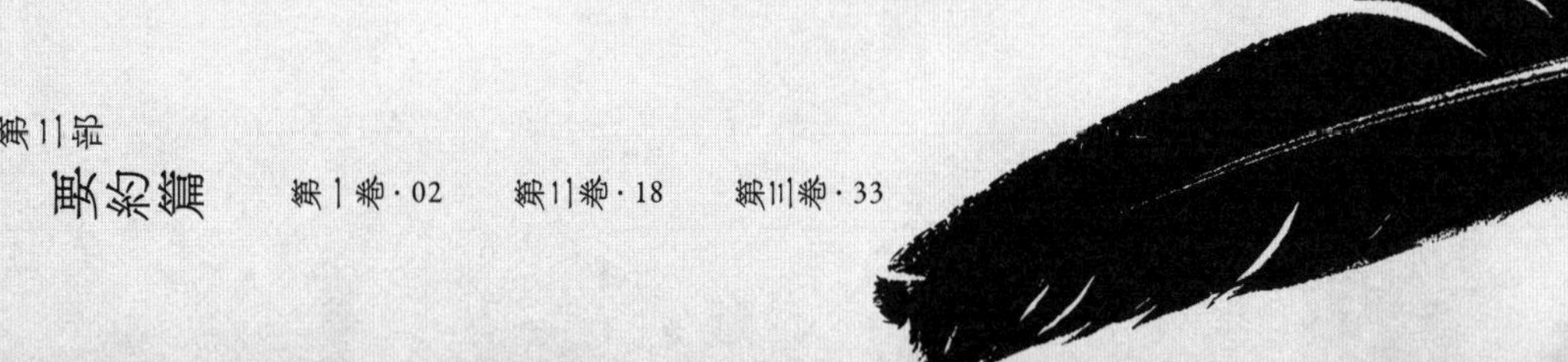

第一部

名言篇

Moi et le monde

1
世間と私

自己について

□ この世でもっとも大事なのは、自分が自分のものであるすべを心得ることである。

——第一巻第38章「孤独について」

□ 自分のなすべきことに取りかかろうとする人間は、自分が何者であって、なにが自分本来のものなのかを知ることを、最初に学ぶ必要がある。そして自分を知る者は、他人のことがらと自分のことがらをとりちがえることはもはやなく、なによりも自分を愛し、自分を鍛えるのであって、余計な心配や、むだな思いやもくろみなどはしりぞけるはずだ。

——第一巻第3章「われわれの情念は、われわれの先へと運ばれていく」

□ われわれにとって主要な責務とは、各人がみずからを導いていくことであり、そのために、われわれはこの世に存在している。自分が清く正しく生きることを忘れて、他人を教育して、そうした方向に導くことで、あたかも義務を果たしたように思う人間は、愚か者であろう。これとまったく同じく、他人

に奉仕するために、自分個人の健全にして、愉快な生き方を捨ててしまうのは、わたしの流儀からすると、不自然な悪しき方針をとったことになる。

——第三巻第12章「容貌について」

□ あなたが臆病で残酷なのか、あるいは忠実で献身的なのかを知っているのは、あなたしかいない。ほかの人たちに、あなたは見えない。あやふやな推測によって、あなたのことを推し量るだけで、あなたの本性ではなしに技巧を見ているにすぎないのだ。だから、彼らの判断など気にせずに、自分の判断にこだわればいい。

——第三巻第2章「後悔について」

□ 自分の存在を、正しく楽しむことができるというのは、ほとんど神のような、絶対的な完成である。われわれは、自分自身のありようをいかに使いこなすのかわからないから、他の存在を探し求めるのだし、自分の内側を知らないために、自分の外側に出ようとする。でも、そうした竹馬に乗ってもどうにもならない。竹馬に乗ったとて、どっちみち自分の足で歩かなければいけな

いではないか。いや、世界でいちばん高い王座の上にあがったとしても、われわれはやはり、自分のお尻の上に座るしかない。

——第三巻第13章「経験について」

他人について

Des autres

□ われわれは各人が、人間の本性の原型は、自分のなかにあるのだと思っている。そして、この原型に従って、他者を規制する必要があると考えている。つまり、自分の原型と合致しないふるまいは、見せかけのもの、偽りのものだというのである。

——第二巻第32章「セネカとプルタルコスを弁護する」

□ 群衆のあいだを進んで行く人間は、脇によけたり、両肘をすぼめたり、うしろに下がったかと思えば、前に進んだりしなければならない。そればかりか、とんでもないものに出くわして、本来の道を離れなくてはいけないこともある。自分に合わせてではなく、他人に合わせて生きなければいけないことも

あるし、自分の腹づもりではなく、他人の思惑に従って、時代や、人間や、仕事に合わせて生きなければという場合だってある。

——第三巻第9章「空しさについて」

□ なにごとにつけても、人間はとかく他人の助けに飛びついて、自助を惜しみたがる。けれども、自助という備えをしっかりおこなうことができるなら、これこそ唯一の、確実にして強力な助けなのである。人間はだれしも、別の場所に向かって、未来に向かって走っていくけれど、それはなぜかといえば、だれひとりとして自分自身に到達していないからだ。

——第三巻第12章「容貌について」

□ 人間はだれもが、自分を貸し出している。本人の能力が本人のためではなく、服従している人のためになっている。つまり、本人ではなくて、借家人がわが家同然にくつろいでいるのだ。こうした一般的な風潮が、わたしには気に入らない。他人に自分の金を分け与える人などいないのに、みんな、自分の

時間と生命を他人に分け与えている。時間と生命だけは、これを出し惜しむことが有益にして、賞賛に価すると思われるにもかかわらず、彼らは、この二つをなによりも気前よく使ってしまうのだ。

——第三巻第10章「自分の意志を節約することについて」

社交について

Des relations sociales

□ 人々のあいだでのたちふるまいの知識は、非常に役立つ知識である。それは、優雅さとか美しさと同じく、人づきあいや親交の仲立ちをしてくれる。そして結果として、われわれに、他人を手本として学び、さらには、自分のうちに、他人に教え伝えるものがあるならば、それを手本として示し、活用する道をも開いてくれる。

——第一巻第13章「国王たちの会談における礼儀」

□ われわれの精神は、かっちりとした力強い精神とのコミュニケーションによって強固なものとなるが、これとは逆に、卑しく、病んだような精神と、たえ

ずふれあい、交わっていると、これはもう、それだけ失うものが大きく、どれだけ堕落するか想像もつかないほどだ。こうした交わりほど、蔓延しやすい伝染病はない。

――第三巻第8章「話し合いの方法について」

□ わたしは、人間は自分の権利と権威によって生きるべきであり、お返しや好意によって生きるべきでないと考える。信義を重んずる多くの人々が、他人のおかげで助かることをよしとせず、命を失うことを選んでいる。わたしも、いかなる種類の義理にも縛られないようにしているのだが、とりわけ、道義上の借りに拘束されないようにしている。人々からなにかもらって、そのために、お返しをしていないという気持ちが抵当に入っていることほど、高くつくものはない。

――第三巻第9章「空しさについて」

□ だれにでも気安く援助を求めて、恩を受ける人々を見かける。けれども、こうした恩義がどれほど重いものなのか、賢い人と同じようにしっかりと考量したならば、そのようなふるまいには及ばないのではないだろうか。恩義と

いう負債は、返済されることはあるかもしれないけれど、完済はありえない。すべての面で自由にふるまいたいと思う人間にとっては、つらい束縛だといえる。

——第三巻第9章「空しさについて」

□ 快楽を他人に与えることなく、平気で受けとることができる人間は、高貴なところが少しもない人間である。すべてを人の世話になりたがり、負担をかけている相手との付き合いを嬉々としてはぐくむなどというのは、卑しい根性の人間がすることだ。

——第三巻第5章「ウェルギリウスの詩句について」

□ 敵対する人々のあいだに立って、どちらともほどほどに、しかも誠実にふるまうことは、いっこうにかまわない。そんな場合には、たとえ双方にまったく同じ気持ちで接することはできなくても、——なぜなら、気持ちといったって、いろいろな程度があるのは仕方ないのだから——、少なくとも、中庸を得た気持ちでふるまうがいい。相手があなたにすべてを求めるほど、一方の側に深入りしてはならない。相手の好意も、ほどほどのところで留めておい

て、濁った水のなかで魚を獲ろうなどとはせずに、水の流れに身を任せるのがいい。

——第三巻第一章「役立つことと正しいことについて

Du travail

仕事について

□ 人は自分の仕事よりも、他人の仕事のことをあれこれ話したがる。そうすれば、その分評判が上がると思っているからだ。

——第一巻第16章「何人かの使節たちのふるまいについて」

□ そんなに大規模な仕事をくわだててはならない。少なくとも、その完成を見届けたくてうずうずするほどの気持ちでおこなってはいけない。われわれは働くために生まれてきたのだ。

——第一巻第19章「哲学することとは、死に方を学ぶこと」

□ われわれの職業・仕事のほとんどは、にわか芝居みたいなものだ。《世間全体

が芝居をしているのである》〔ペトロニウス。リプシウス『不屈であることについて』一の八からの孫引き〕。われわれは、自分の配役をしっかり演じなくてはいけないが、その役を、借りものの人物として演じるべきだ。仮面や外見を、実際の本質としてはいけないし、他人のものを、自分のものにすべきではない。われわれは、皮膚と肌着を区別できないでいる。でも、顔におしろいを塗れば十分なのであって、心にまで塗る必要はない。

——第三巻第10章「自分の意志を節約することについて」

□ 自分がつかまって、さらわれることに慣れっこになった人々を見てごらんなさい。彼らときたら、大事小事を問わず、また自分に関係あろうとなかろうと、いざ仕事や用事となったら、見境なしに口をはさもうとする。彼らはですね、騒がしく動いてないと、生きた心地がしないのですよ。彼らは仕事に忙殺されるために、仕事を探しているのです。なんといっても、ある種の人間たちにとっては、仕事で忙しいのが、能力と偉さのしるしなのですから。

——第三巻第10章「自分の意志を節約することについて」

□ 今日の人々は、激しい動きや見せびらかしに慣れてしまっているために、善良さ、節度、恒常心、揺るぎのなさといった、静かで目立たない長所には、もはや感じなくなっている。会議室でやればすむことを、わざわざ広場でやることにしたり、前の晩に終わっていたはずのことを、真っ昼間にやってみせたり、同僚だってしっかりできることなのに、自分でやることにこだわるなどというのは、おのれの評判や、個人的な利益を考えての行動にすぎず、公益のためではない。

——第三巻第10章「自分の意志を節約することについて」

De la gloire

名声について

□ 人間は、自分の存在を引き延ばそうとして、この上なく心をくだき、そのためにあらゆる手だてを講じた。肉体の保存用には墓があり、名前の保存用には死後の栄光があるのは、このためである。

——第二巻第12章「レーモン・スボンの弁護」

□ 世の中には愚かさのきわみといえるようなことがたくさんあるけれど、そのなかでも、もっとも広くいきわたっているのが、名声や栄光への関心である。われわれは、このことにこだわり、富や、心の安らぎや、生命や健康など、現実的にして実質的な幸福を捨ててまで、このむなしい幻影を、実体もなく、つかまえることもできない、名声という単なることばを追い求める。

――第一巻第41章「みずからの名声は人に分配しないこと」

□ 三日前には、その男のことはどうでもいいような人間だと思っていたはずなのに、いつの間にか、われわれの判断のなかには、偉大で、有能な人間というイメージが入りこんでいる。そして、従者や名声が増すにしたがって、彼の功績も増したのだと信じこんでしまう。われわれは彼をその価値で判断せずに、まるで数え札（ジュトン）かなんかのように、その地位の高さで判断する。ところが、ひとたび運命が傾いて、失脚し、また一般大衆のなかに埋もれてしまうと、今度は、いったいどうしてあの人が、あんな偉い地位にのしあがることができたのかと、みんないぶかしがるのが落ちなのである。

――第三巻第8章「話し合いの方法について」

□ 善行を、もっぱら自分の喜びのためにおこなう人間は、他人がそれをりっぱな行為だと判断しなくても、さほど腹を立てない。いやなできごとがあっても、四分の一オンスほどの忍耐力があれば、備え万全である。

――第三巻第10章「自分の意志を節約することについて」

□ 善行がすべて、名声をもたらすわけではなく、困難さとか、異例であることが付け加わらないとだめなのである。

――第三巻第10章「自分の意志を節約することについて」

□ 人間とは、栄光のためとあらば、謙虚になることだってしかねない。

――第二巻第17章「うぬぼれについて」

外見について

□ 人間の社会を動かしていくすべての局面において、いつでも、どこでも、儀礼や外見・体裁といったものが混ざってくることは、驚くにはあたらない。無内容でばかげた発言であっても、話す人の貫禄、衣服、財産が信頼感を与えることがよくある。

——第三巻第8章「話し合いの方法について」

□ 一介の職人ならば、便器や妻にまたがっている姿を、はっきりと想像できるけれども、その物腰も能力も尊敬にあたいする長官のような場合はそうはいかない。彼らが、こうした高い地位から、日常生活の場までおりてくるようには思われないからだ。

——第三巻第2章「後悔について」

□ われわれが馬をほめるのは、逞しくて、速いからにほかならない。つまり、馬具ゆえではない。グレーハウンド犬にしても、そのスピードゆえであって、首輪ゆえではない。なぜ、これと同じように人間も、その人に固有のものによって評価しないのか？　大勢の召使いたち、美しい宮殿、絶大な信頼、あれは

どの収入とかいっても、それらはすべて、彼を取り巻くものであって、彼に内在するものではない。あなたがただって、猫を袋に入ったままで買いはしない。馬を売り買いする場合にも、馬具を外して、なにも付けずに裸にしてから、見るはずだ。　　——第一巻第42章「われわれのあいだの個人差について」

□そもそも、わたしは、ねじけた精神よりも、ねじれた洋服をがまんできない人々、あいさつの仕方や、立ちふるまいや、はいている靴で、どんな人間かを評価する人々は、大きらいなのだ。　——第一巻第24章「教師ぶることについて」

話し合いについて

De la conversation

□われわれの精神を訓練するのに、もっとも成果が上がり、もっとも自然な方法とは、私見によれば、会話（コンフェランス）することだと思う。書物を介した勉強は、活気もなく、弱い運動であって、こちらを刺激することがない。これに対して、会話は、一度にわれわれを教え、訓練してくれる。強力な精神をもったてごわ

い論敵（ジュトゥール）〔騎馬槍試合にたとえている〕と渡り合うと、相手はわたしの脇腹を攻めてきて、右に左にと突きまくられて、相手の考え方に、わが発想はぽんと突き飛ばされる。嫉妬、名誉、ライバル意識が、わたしを駆り立てて、実力以上に高めてくれる。討論において、一致（ユニゾン）とはまったくもって退屈なことでしかない。

——第三巻第8章「話し合いの方法について」

□ われわれは反対意見にぶつかると、それが正しいかどうかを見ようとせず、正しかろうと、まちがっていようと、どうやってこれをかわそうかと考える。反対意見に手を差しのべる代わりに、爪でひっかこうとする。わたしは、「寝ぼけたことというなよ。おかしいんじゃないのかい」などと、友人たちから手ひどくやっつけられても、まず我慢ができる。紳士のあいだでは、おたがいに思い切って自分の考えを口に出して、思考とことばがともに歩めるようでありたい。

——第三巻第8章「話し合いの方法について」

□ ことばとは、半分は話し手のもの、半分は聞き手のものだ。聞き手は、相手

の話し方の調子に応じて、受け取る心構えができてないといけない――テニスをする人のあいだで、レシーブする側が、サーバーの動きとか姿勢に応じて、うしろにさがったり、構えたりするのと同じ理屈である。

――第三巻第13章「経験について」

□ 人間はとかく、他人の発言を、自分の先入見に都合のいいように曲げて解釈したがる。

――第二巻第12章「レーモン・スボンの弁護」

Des opinions

意見について

□ われわれは、さまざまな意見のあいだを漂うのであって、いかなるものをも、自由に、絶対的に、揺るぎなしに望むことはない。

――第二巻第一章「われわれの行為の移ろいやすさについて」

□ 現代の弁護士や判事は、どのような訴訟事件であっても、これを好きなよう

に按配するための方便を見つけ出す。対立する意見が生じないほどに、明快な訴訟などまず存在しないのだ。ある法廷が判決を下した事件について、第二審が逆の判決を出すのは当然として、同じ法廷が、別のときに正反対の判決を出すこともある。こうしたことから、ひとつの判決にとどまることなく、同一訴訟の判決をめぐって裁判官から裁判官をはしごするという実例が、よく見られるのだ。

——第二巻第12章「レーモン・スボンの弁護」

□ われわれ人間の考え方や意図が一致するのはきわめて稀なことだと、わたしは考える。この世に同じ二本の毛や、同じ二本の穀粒がないのと同じ理屈で、同じ二つの意見など存在したためしがない。人間の思考のもっとも普遍的な性質とは、多様性にほかならないのである。

——第二巻第37章「子供が父親と似ることについて」

□ 人間はえてして、自分の意見を押し通そうとするときにかぎって、ひどくぴりぴりした気持ちになる。通常の手段では間に合わないとなれば、命令、暴

力、剣、火といった手も使う。

——第三巻第二章「足の悪い人について」

□ 自分の意見を、傲然と、居丈高（いたけだか）に打ち立てる人間は、むしろ根拠の薄弱さを露呈している。

——第三巻第二章「足の悪い人について」

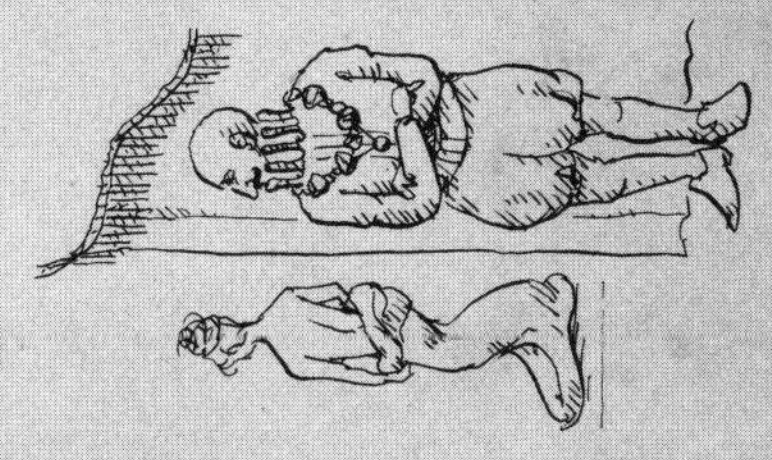

L'homme et la femme

2
男と女

女性について

□ 王妃マルグリット・ド・ナヴァールは女性として、女性たちの長所をぐっと引き延ばし、女は三〇歳を迎えたら、「美しい」という肩書きを「優れた」に変えるべきだといっている。

―― 第三巻第5章「ウェルギリウスの詩句について」

□ 女性の場合、世の中に導入されている生活のルールを拒否しても、いささかも非はない。なぜならば、そのようなルールは、男たちが女性の同意なしに決めたのだから。

―― 第三巻第5章「ウェルギリウスの詩句について」

□ われわれ男性は、あらゆる面からいって、女性の行為については公平とはいえない判断を下しているし、また女性も男性の行為について同様のことがいえる。

―― 第三巻第5章「ウェルギリウスの詩句について」

□ われわれ男性は、女性に対して、健康でぴちぴちしていて、元気いっぱいで、豊満であると同時に、貞淑であれと願う。言い換えれば、熱いと同時に冷た

いことを望むのだ。

——第三巻第5章「ウェルギリウスの詩句について」

□ われわれの流儀で育てられ、世間との交わりにさらされて、悪しき実例の数々を見せられ、数えきれないほど、間断なく、しつこく言い寄られながらも、若く美しい女性が純潔を守り続けるという、毅然とした決意のほどは、もしかすると、カエサルやアレクサンドロスの武勲をも凌ぐものかもしれない。一生、甲冑を着ているほうが、処女を守り通すことよりも簡単だと思うのだ。童貞や処女を守るという誓いは、あらゆる誓いのうちでも、もっとも厳しいものであるだけに、もっとも尊いのである。

——第三巻第5章「ウェルギリウスの詩句について」

□ 男も女も、しょせんは同じ鋳型から作られている。教育とか、習慣といったものを除けば、たいした違いなどないといいたい。

——第三巻第5章「ウェルギリウスの詩句について」

友情について

□ われわれがふつう友人とか、友情とか呼んでいるのは、つまるところ、それによっておたがいの魂が支え合うような、なにかの偶然ないし便宜によって取り結ばれた親密さや交際にほかならない。　——第一巻第27章「友情について」

□ 完璧な友情は、分割不可能なものであって、各人がその友に自分をまるごとあげてしまうので、ほかに分けるものなど残らない。というか、むしろ反対に、自分が二人、三人、四人になれなくて、この対象に与えるべき魂や意志をたくさん持ちあわせていないのが、残念でたまらないわけなのだ。ありきたりの友情は、それを分割することができる。つまり、この人間については、その美しさを、こっちの人間は、自由闊達な生き方を、こっちは気前のよさを、こっちは父親のような温情を、もうひとりは兄弟のような親しみをといったふうに、分けて愛することができる。でも、魂にまでとりついて、それを絶対的に支配する友情は、二人分にはなれないのである。

——第一巻第27章「友情について」

□ わたしだったら、もしも確かな証拠によって、まさに自分にふさわしい相手がいるのだとわかったならば、きっと遠くまで直接その人に会いに行くだろう。肝胆相照(かんたんあいて)らす交わりの心地よさとは、わたしの考えでは、値段が付けられないほど希少なものなのだ。ああ、友だちという無比の存在よ！「友との交わりこそは、水や火という基本要素よりも必要にして、甘美なるもの」という古代の格言は、なんと真実であることか！ ──第三巻第9章「空しさについて」

□ わたしは、人間すべてを同胞だと考えている。そして、ポーランド人も、フランス人と同じように抱擁するのであり、人類に共通の普遍的な結びつきを優先して、国民としての結びつきはそれより後に置く。わたしは自分が生まれた土地の心地よさに、さほど心を奪われているわけでもない。自分が開拓した、まったく新しい知り合いというのも、近隣でのごくふつうの知り合いや、思いがけぬ交友と甲乙付けがたいように思われる。

──第三巻第九章「空しさについて」

恋愛について

□ 恋というのは結局、欲望する相手の内部で快楽を味わいたくて飢えることにほかならない。

——第三巻第5章「ウェルギリウスの詩句について」

□ 恋愛とは、実際、空しく、ぶしつけで、恥ずかしくて、ときに人倫にもとる営みである。けれども、ほどほどの仕方で恋愛するならば、健康にもいいし、重苦しい精神や肉体をほぐすのにぴったりだと、わたしは考えている。

——第三巻第5章「ウェルギリウスの詩句について」

□ 今のご時世、恋愛にはもっと無鉄砲さが必要で、若い連中はこれを、熱情(シャルール)だとかいって正当化している。けれども、女性がよくよく見るならば、この熱情なるものが、むしろ敬意の欠如に由来するとわかるはずだ。恋する男には、少しばかり子供っぽく、おずおずと、そして献身的にふるまってほしいものである。

——第三巻第5章「ウェルギリウスの詩句について」

□ 結婚と恋愛には、截然(せつぜん)たる区別があり、両者はけっして紛れることなどない別々の道を有する、二つの意図である。女性は、絶対に結婚したいなどと思わない男にだって、身を任せることがありうる。また、恋する女と結婚しても、それを悔やまない男は少ない。これは神さまの世界でも同じで、ユピテルは、初めて誘惑して、恋の火遊びを楽しんだ女〔ユノー〕を妻としたものの、最悪の夫婦だったではないか。「籠にうんちを垂れたなら、あとで頭に乗せねばならぬ」と、ことわざにもいうとおりだ。

——第三巻第5章「ウェルギリウスの詩句について」

Du mariage

結婚について

□ よい結婚かどうかの試金石、その真のテストは、両者の結びつきがどのぐらい続いたのか、それがつねに穏やかで、忠実で、快適なものであったかということだ。

——第二巻第35章「三人の良妻について」

□ わたしの知るかぎり、美貌とか性的な欲望に引っぱられるようにして結婚した場合ほど、いちはやく不和が生じて、失敗するものはない。結婚には、もっと堅実で、揺るぎのない土台が必要だし、十分に事情をわきまえて歩んでいかないといけない。わっと沸騰したかのごとき歓喜など、なにもいいことはないのである。

——第三巻第5章「ウェルギリウスの詩句について」

□ どんな理屈をいったところで、結婚とは、自分のためにするものではなく、それと同等ないし、それ以上に、子孫や家族のためにするものであって、結婚という慣習による利害は、夫婦の死後も、子孫に関係してくる。こうした理由から、本人どうしよりも、第三者の手で、そして本人の判断ではなく、他人の判断で進められる婚姻方法のほうが、わたしには好ましい。

——第三巻第5章「ウェルギリウスの詩句について」

□ よい結婚が少ないという事実そのものが、それがどれほど貴重で、価値あることかを物語っている。結婚をしっかりと形づくり、しっかりと受け止める

ならば、われわれの世の中には、これほど美しい断片(ピエス)はないのだ。これなしではすまないのに、われわれときたら、その価値を下げてばかりいる。結婚に関しては、鳥かごと同じようなことが生じているのだ。かごの外にいる鳥は、中に入ることをあきらめているし、中にいる鳥は、出ようとしてもがいている。

――第三巻第5章「ウェルギリウスの詩句について」

□ もしもよい結婚があるとすれば、それは恋愛という状態が伴うことを拒み、むしろ友愛という状態を模倣しようと努めるはずである。結婚とは、変わらぬ愛と、信頼と、有益にして堅実なる、数限りない奉仕と、おたがいの義務といったものに満ちあふれた、穏やかな人生共同体なのだ。

――第三巻第5章「ウェルギリウスの詩句について」

□ 賢い人間は、結婚の苦さも、甘さと同じく秘密にしておくものだ。

――第三巻第5章「ウェルギリウスの詩句について」

□ 愛情はとても長い腕を持っていて、世界の隅から隅まで手をつなぎ、結ばれるものであることを、わたしは知っている。とりわけ、夫婦愛がそれで、そこにはたえず助け合いがあるから、そのことが愛情の義務や記憶を呼び覚ましてくれる。

——第三巻第9章「空しさについて」

□ 夫婦の関係というのは、あまりに続けていっしょにいることで、冷めるのがふつうだし、しつこさで損なわれるものだ。見知らぬ女性は、どれも上品に見えるではないか。また、続けて会っていることが、何度も、別れたり、よりを戻したりすることの快楽に及ばないことは、われわれだって経験で感じているはずだ。

——第三巻第9章「空しさについて」

□ 一家の主婦にとって、もっとも有益にして、名誉ある知識とは、家事の知識にほかならない。吝嗇（りんしょく）な主婦はよく見かけるけれど、家事に優れた主婦はとても少ない。それこそが彼女にとってもっとも大事な資質なのだし、なによ

りも先に求められるものであって、われわれの家をつぶすか、救うかを決める、唯一の持参金のごときものなのである。

――第三巻第9章「空しさについて」

□ マルセーユの行政府が、妻の癇癪を免れるべく、自殺の許可を求めた男に対して、これを承認したのは正しかった。というのも、この病気は自分もろともすべてをかっさらうしかない病気なのである。そして、これと折り合いを付けるには、結局は逃げるか、我慢するかの二つの道しかないのだが、これがまた大変にむずかしいときている。「よい結婚は、目の見えない妻と耳の聞こえない夫のあいだで成立する」と述べた御仁は、このことをよくわかっているのだ。

――第三巻第5章「ウェルギリウスの詩句について」

不倫について

□ 男はだれでも、自分の悪徳に由来する恥よりも、妻の悪徳に由来する恥を恐れるのである。自分の良心よりも、よき細君の良心を心配するというのだから、まったくご立派な慈愛の心ではないか。男というものは、夫たる自分と同じく、妻も貞潔ではないくらいなら、むしろ自分は泥棒とか不敬の徒であって、妻は人殺しで、異端者であるほうがましだと考えるものなのだ。

—— 第三巻第5章「ウェルギリウスの詩句について」

□ わたしは、妻を寝取られても、りっぱで、ほとんど面目を失うことのない紳士をたくさん知っている。りっぱな紳士は、そのことで同情されても、軽蔑されたりしないものなのである。おまえの美徳でおまえの不幸を抑えるように、心正しき人々がそうした状況を呪うように、おまえの心を傷つけた男が、そのことを考えただけで身震いするようにすればいいのだ。

—— 第三巻第5章「ウェルギリウスの詩句について」

□ルクッルス、カエサル、ポンペイウス、アントニウス、小カトーをはじめ、その他の勇敢な人々も、妻を寝取られて、その事実を知ったものの、そのことで動揺したりしなかった。そのことで苦しんだあげくに死んだのは、愚かなレピドゥスだけだ。

——第三巻第5章「ウェルギリウスの詩句について」

□女性の性分から考えて、男たちがコキュになることをあまり恐れたりしなければ、コキュになることも少ないのではないだろうか。なぜならば、禁止こそが、彼女たちを挑発して、そそのかすのだから。

——第三巻第5章「ウェルギリウスの詩句について」

De la sexualité

セックスについて

□われわれはどうして、人間にとっては大変に必要かつ自然にして、正しきものである生殖行為を、恥じることなく堂々と口にすることをせずに、真面目で、きちんとした話から除外するのだろうか？　殺す、盗む、裏切るといったこ

とばは、臆面もなく口にするくせに、このことだけは、ぼそぼそむにゃむにゃとしかいわないではないか。

——第三巻第5章「ウェルギリウスの詩句について」

□ 性欲ほど強烈な欲望はないのに、われわれ男性は、これに抵抗することを女性だけに望んでいる。それも、単なる相対的な悪徳としてではなしに、無信仰や親殺し以上に、忌まわしく、呪詛にあたいする行為だとみなしている。しかも、われわれ男たちは、性欲に屈しても、非難も叱責もされることがない。

——第三巻第5章「ウェルギリウスの詩句について」

□ わたしは、馬車を貸すくらいならば、「あれ」を貸すほうがいいというご婦人がたを、肉体関係でしか人と交わろうとしないご婦人がたを知っている。あなたといっしょにいることを彼女たちが好むのは、はたしてなにか別の目的があるのか、あるいは、まるで大きな馬丁でも相手にするように、もっぱら「あれ」のためだけなのか、しっかり確かめる必要がある。彼女のところで、あなたはいかなるランクなのか、どんな価値が付いているのか、きちんと

チェックしないといけないのだ。——第三巻第5章「ウェルギリウスの詩句について」

□ 相手の承諾もなく、相手の欲望もなしに、その肉体を愛するのは、魂のない肉体を愛することでしかない。——第三巻第5章「ウェルギリウスの詩句について」

美貌について

De la beauté

□ 美という、強力で有利な特質に、わたしがどれほど高い価値を置いているか、何度いってもいい足りないほどだ。ソクラテスはこれを「つかの間の専制」と呼んだし、プラトンは「自然が与えた特権」と呼んだ。人々の信用を得るのに、これに勝るものはない。美とは、人々の交わりにおいて、第一位を占めるものだ。それはぐっと前に出てきて、その強大なる権威と驚くべきインパクトでもって、われわれの判断を魅了し、先入観を抱かせる。

——第三巻第12章「容貌について」

□ 美こそは、高貴な女性の真の長所にほかならない。美はすっかり女性たちのものになっているわけだから、われわれ男性の美は、女性の美とは少しは異なるものであるべきなのに、少年のような、ひげのない顔立ちという、女性美が混ざったものでないと、男性美の極致とはいえなくなっている。いっぽう、思索・判断（ディスクール）、知恵、友情という務めは、むしろ男性によけい見出される。だからこそ、男たちが世の中の公務をつかさどるのだ。

――第三巻第3章「三つの交際について」

□ イタリア人は太ってどっしりしたのを、スペイン人はやせてほっそりしたのを美しいと考える。われわれフランス人だって、ある者は白を、ある者は褐色を、ある者はなよなよと柳腰のごときを、ある者は強くてたくましいのを美とみなす。ある者が、かわいらしさや優しさを求めれば、別の者は、プライドの高さと尊厳を求めるにちがいない。それは正に、プラトンが最高の美を球形に与えたのに対して、エピクロス派の人々はピラミッド型や正方形に軍配を上げ、神の姿を球形などに転落させるのに我慢できなかったことと一

双をなしている。

――第二巻第12章「レーモン・スボンの弁護」

□ 背丈の美しさだけは男のものだ。背が低いと、丸くて、ひいでた額(ひたい)も、優しそうな澄んだ目も、ちょうどよい形の鼻も、小さな耳や口も、きれいに並んだ白い歯も、栗の殻のように見事な焦げ茶色をして、豊かにびっしりと生えたあごひげも、カールした髪の毛も、バランスのとれた頭部も、みずみずしさをたたえた顔色も、感じのよい表情も、体臭のない身体も、均整のとれた手足も、美男を作ることはできはしない。

――第二巻第17章「うぬぼれについて」

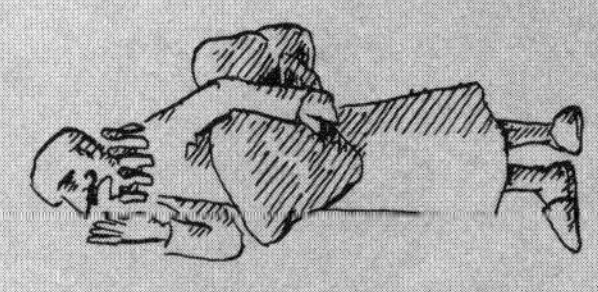

Le corps et le cœur

3
心とからだ

精神について

☐ 偉大で、崇高なものを評価するには、それと同じ精神が必要である。さもないと、われわれの内なる欠陥を、それに当てはめることになる。まっすぐなオールだって、水中では曲がって見える。単にものごとを見るのではなく、いかにして見るかが肝心なのだ。

——第一巻第40章「幸福や不幸の味わいは、大部分、われわれの考え方しだいであること」

☐ われわれの精神は、他人にそれを見せるためではなく、自分の目以外はだれも見る者のいない、われわれの内部でこそ役割を演じるべきだ。そのとき、精神はわれわれを、死の恐怖や、苦痛や、恥辱からさえも守ってくれる。また、子供や、友人や、財産を失ってもくじけない強さを与えてくれる。そして、機会が訪れるならば、危険な戦争にもわれわれを導いてくれる。

——第二巻第16章「栄光について」

☐ 精神の価値とは、高みにのぼることではなく、秩序正しく進んでいくことに

ある。魂の偉大さは、高い場所ではなしに、むしろ月並みさのなかで発揮される。

——第三巻第2章「後悔について」

□ 精神はつねに平静と健全さを保ちながら、活動するとしても、興奮したり、激情に駆られるようではいけない。ただ動くだけならば、精神にとって大して困難ではないし、眠っていても、精神は動いている。とはいえ、精神を活動させるには、分別も求められるのだ。

——第三巻第10章「自分の意志を節約することについて」

□ 財産の貧しさを治すのは簡単だけれど、精神の貧しさを治癒するのは不可能だ。

——第三巻第10章「自分の意志を節約することについて」

理性について

De la raison

□ 人間の理性とは、両刃の剣、それも危険な剣である。

——第二巻第17章「うぬぼれについて」

□ わたしは、各人が自分のなかで作り上げるところのまことしやかな論理（ディスクール）のことも、理性（レゾン）と呼んでいる。これは鉛や蠟（ろう）でできた、伸縮自在、曲折自在の道具で、どのようなサイズや面にもうまく合わせることができる。あとは、これをこねて形にする才能がありさえすればいい。

——第二巻第12章「レーモン・スボンの弁護」

□ 人間の理性は道を間違えてばかりいるけれど、とりわけ、神々のことがらに口を出すときには、それがはなはだしい。

——第二巻第12章「レーモン・スボンの弁護」

□ 決然として、自らの死を選んだ人々が、わが身に振りおろされる太刀を見ま

いとして、顔をそむけたのはなぜであろう？　あるいはまた、自分の健康のために、患部の切開や焼灼をしてもらう人々が、外科医の準備作業や、手術道具や、手術を正視できないのはなぜだろうか？　見たからといって、痛さには関係ないのに。これこそは、感覚が理性に対して、いかに睨みをきかせているかを証明するのにうってつけの実例といえる。

——第二巻第12章「レーモン・スボンの弁護」

Des sens

感覚について

□感覚についてわたしが真っ先に思うのは、人間に生まれつきあらゆる感覚が備わっているかといえば、それは疑わしいということだ。多くの動物が、視覚とか、あるいは聴覚をもつことなく、完全な生活を営んでいる姿を、わたしは見てきている。このことからして、われわれ人間だって、まだ一つ、二つ、三つ、あるいはもっと色々な感覚が欠けているかもしれない。

——第二巻第12章「レーモン・スボンの弁護」

□ 知性豊かな人に、人類が最初から、視覚をもたずに誕生した姿を想像させてみるがいい。そして、この欠如が、どれほどの無知と混乱をもたらすのか、われわれの精神に、どれほどの暗闇と盲目をもたらすのかについて、じっくり考えさせるといい。そうするならば、われわれに、こうした感覚が欠けるならば、真理の認識にとっていかに深刻な結果となるか、わかるにちがいない。われわれは一つの真理を形づくるのに、五感に相談し、五感の協力を得てきたのだが、真理を確実に、その本質において認知するには、ひょっとすると、八つとか一〇の感覚の和合と助力が必要なのかもしれない。

——第二巻第12章「レーモン・スボンの弁護」

□ われわれは、かっと怒りに駆られているときに見たり聞いたりしたことは、そのままには受け取らない。愛する対象は、実際よりも美しく見える。そして大嫌いなものは、より醜く見える。悩み、悲しむ人には、明るい日も、どんよりと暗いものに見えてくる。われわれの感覚は、精神的な苦痛によって、変調をこうむるだけではなく、まったく麻痺してしまうことも往々にしてある。

上の空のときには、目で見ていても、それを認識していないものがいくらでもある。

――第二巻第12章「レーモン・スボンの弁護」

□ 肉体と精神の状態が悪ければ、外的な幸福など、どうなるというのだ。なにしろ、ピンのほんの一突きや、心の悩みだけでも、世界の君主であるよろこびをわれわれから奪い去るのに十分なのだから。

――第一巻第42章「われわれのあいだの個人差について」

□ 苦しむことをおそれる人は、おそれるということにより、すでに苦しんでいるのである。

――第三巻第13章「経験について」

Du courage

勇気について

□ 正義が死んだ時代には、勇敢におこなわれた行為こそが、つねに名誉ある行為となる。

――第二巻第15章「われわれの欲望は、困難さによってつのること」

□ 勇気とは、足や腕ががっちりしていることではなくて、心と魂とがしっかりしているということだ。勇気は、われわれの馬や武器の価値にではなく、われわれ自身の価値にある。倒れても、勇気がくじけることがなく、死の危険が身近に迫っても、自信を少しも失うことなく、息をひきとりながらも、侮蔑するような眼差しで、敵をぐっとにらみつける人間は、われわれに倒されたのではなくて、運命に倒されたのだ。殺されはしたものの、負けたわけではないのだ。もっとも勇敢な人間とは、えてして、もっとも不運な人間なのでもある。

——第一巻第30章「人食い人種について」

□ 勇気といっても、それ以外の美徳と同じく、それなりの限界があるわけで、それを越えてしまえば、悪徳の道に踏みこむことになる。つまり、その境界をしっかりわきまえていないと、勇気を飛び越して、無謀、強情、無分別に屈することになってしまう。

——第一巻第14章「理由なしに砦にしがみついて、罰せられること」

□ きのう、あなたがなんて大胆不敵なと思った男が、その翌日になってみると、実に臆病になっているのを見ても、不思議だなどと思ってはいけない。憤怒の念か、手元不如意か、人間関係か、酒か、ラッパの音のせいか、とにかく彼の度胸はすわっていたのだ。理性的に考えて、そうした根性ができていたのではなく、それらの状況があいまって、彼の気持ちを固めたというわけだ。だから、逆の状況によって、彼が別人のようになったとて、これまた驚くには当たらないのである。——第二巻第一章「われわれの行為の移ろいやすさについて」

□ 戦いでの死よりも、ベッドの上での死のほうが、みじめで、長丁場で、つらい。熱病やカタルは、火縄銃で撃たれたのと同じぐらい、苦痛だし、命取りともなる。だから、ふだんの生活でのわざわいを勇敢に耐えられる人ならば、兵士となるために、わざわざ勇気をふるいおこす必要もないのである。

——第三巻第13章「経験について」

怒りについて

□ 怒りや憎悪は、正義のなすべきことを越えてしまう。

——第三巻第一章「役立つことと正しいことについて」

□ 怒りという感情ほど、健全な判断をかき乱すものはない。怒りのあまり、罪人に有罪判決を下すような裁判官がいたならば、この裁判官を死罪にすることをだれもためらいはしないであろう。それなのに、なぜ、父親や教師たちが、怒りに駆られて子供たちを鞭で打って罰することが許されているのだろうか？ これはもはや矯正ではなく、復讐にほかならない。子供たちにとっては、懲罰が薬の代わりになっている。だが、われわれは、患者に対して興奮して、怒りまくるような医者にがまんできるだろうか？ われわれにしても、正しくふるまうためには、怒りの感情が続いているうちは、奉公人に手を出すようなことをしてはなるまい。

——第二巻第31章「怒りについて」

□ 怒りも静まり、冷静になってみると、ものごとは、実際、別の姿に見えてく

るものだ。怒っているときは、命令するのも激情であり、口をきくのも激情なのであって、われわれではない。怒りを通して見た場合に、過失はより大きく見えるものだ――霧の向こうにかすむ物体を見るように。

――第二巻第31章「怒りについて」

□ 人間というのは、憎んでいるもののことは、気にかけているのである。

――第一巻第50章「デモクリトスとヘラクレイトスについて」

欲望について

Du désir

□ われわれの欲求は、自分の手の中にあるものは軽蔑し、これを飛び越えて、まだ持っていないものを追いかけまわす。われわれになにかを禁じることは、それを欲しがらせることにほかならない。われわれの手にすっかり委ねられると、軽蔑の心を生むことになる。欠乏と潤沢とは、同じ不幸に陥るのだ。

――第二巻第15章「われわれの欲望は、困難さによってつのること」

□ なにを知ろうと、なにを享受しようと、われわれは、それでは満足できない自分を感じて、来るべき、未知のものを、口をぽかんと開けて追いかけていく——現在のものでは、われわれは飽き足らないのであるから。だがこれは、わたしの判断では、それが、われわれを満足させるだけのものを持っていないからではなくて、われわれが、病んだ、まともではない仕方によって、現にあるものを握っているということなのだ。

——第一巻第53章「カエサルの一句について」

□ 考えてみるがいい。たとえば、チェスやテニスなどのゲームや、その他の似たようなたわいのない運動でさえも、勝ちたいという猛烈な欲望で熱くなって、激しく突っ込んでいくと、たちまちにして精神は分別をなくし、手足は乱れてくるではないか。人間は、自分で自分の目をくらまし、自縄自縛(じじょうじばく)におちいるのだ。これに対して、勝ち負けに恬淡(てんたん)としている人は、つねに自分を失うことがない。むきにならず、熱くならないほど、ゲームを有利かつ確実に進められる。

——第三巻第10章「自分の意志を節約することについて」

□ 快楽であれ、富や権力であれ、人間はつかみきれないほどのものを抱えようとする。人間の貪欲さに、節度はありえない。——第三巻第12章「容貌について」

Du plaisir

快楽について

□ 快楽にしても、それに幸福だって、気力と知力がなければ、感じることなどできはしない。いくら運命の女神がもたらしてくれる利益だといっても、とにかく、なにごとであれ、それを味わうための感情を必要とする——われわれを幸福にするのは、所有ではなく、享受なのだから。

——第一巻第42章「われわれのあいだの個人差について」

□ 快楽を味わったこともなく、その魅力や強さを、そしてあらがいがたい美しさを知りもしないくせに、そうした快楽を軽蔑し、それとたたかっているのだなどと自慢するのはおかしい。

——第三巻第2章「後悔について」

□ 自分自身を嫌悪させ、快楽を苦痛と感じ、自分を不幸な存在だと考えるとは、まったく人間とはなんと奇っ怪な動物であることか。

——第三巻第5章「ウェルギリウスの詩句について」

□ 本当のところ、苦痛の知覚を根絶やしにするならば、これと同時に、快楽の知覚も根絶やしにされてしまい、結局、人間そのものを根絶することになってしまうにちがいない。苦痛というのは、人間にとってよいことなのだ。苦痛とはつねに避けるべきものではないし、快楽はつねに追いかけるべきものではない。

——第二巻第12章「レーモン・スボンの弁護」

□ いかに正しい快楽といえども、それが過度であり、節度を失えば、非難されるしかない。

——第一巻第29章「節度について」

飲酒について

□　あなたが酒を飲む楽しみの根本を、美酒を味わうことに置くとしたら、どうしたって、まずい酒を飲む苦しみを味わうことになる。よい酒飲みであるためには、そんなに舌が肥えていてはいけない。

——第二巻第2章「酔っぱらうことについて」

□　ところで、酔っぱらうことは、わたしからすると、とりわけ粗野で野蛮な悪徳のように思われる。ほかの場合には、もっと精神が関与しているし、あえていうならば、なにかしら高邁なる悪徳といったものだって存在する。学識、熱意、勇気、賢明さ、巧妙さ、繊細さが混じっている悪徳もあるのだ。ところが酩酊の場合は、まったく肉体的にして、世俗的なものにすぎない。したがって、今日存在している国々のなかでも、もっとも粗野な国民だけが、この悪徳をもてはやしているのではないのか。他の悪徳は、どれも分別を変質させるのだけれど、酩酊はこれをひっくり返し、肉体を打ちのめす。

——第二巻第2章「酔っぱらうことについて」

□ 人間にとって最悪の状態とは、はっきりとした意識を失い、自制心がきかなくなったときである。そして、ブドウの絞り汁が樽の中で発酵すると、底に沈んでいたものも上に持ち上げるように、酒を飲みすぎると、それが胸のいちばん奥の秘密までもぶちまけさせるということが、特にいわれている。

——第二巻第2章「酔っぱらうことについて」

Du sommeil

睡眠について

□ アレクサンドロス大王は、「わたしはもっぱら、性行為と睡眠によって、自分が死すべき存在だとわかる」とつねづね話していた。睡眠は、われわれの精神の諸能力の息を止めて、抑えてしまうからだし、性行為も同様に、精神の諸能力を奪いとり、それを消尽してしまうからだ。

——第三巻第5章「ウェルギリウスの詩句について」

□ われわれは、いかにたやすく、覚醒から眠りへと移ることか。そして、ほと

んどなにも損なうことなく、光や自己に対する認識を失うことか。睡眠は、われわれから行動や感覚をすっかり奪うものであるから、無駄で、自然に反したものに思われがちだけれど、実をいうと、自然は、この睡眠によって、われわれを生きるためだけではなく、死ぬためにも作ったことを教えてくれる。生きているうちから、死後にとっておいた永遠の状態を提示して、これに慣れさせ、死への恐怖心を取り去ってやろうとしているのだ。

——第二巻第6章「実地に学ぶことについて」

□ われわれが目覚めている状態は、睡眠状態よりも眠りこんでいるし、われわれの英知は、狂気ほど賢くなく、われわれの夢は、われわれの理性的思考（ディスクール）よりも価値がある。

——第二巻第12章「レーモン・スボンの弁護」

□ 人間の人生をひとつの夢になぞらえた人々は、ひょっとすると、彼らが思っていた以上に正しかったのではないのか？ 人は夢を見ているときでも、その精神は生きて、活動して、すべての機能を働かせているのであって、ただし

かに弛緩しているし、ぼんやりしてはいても、基本的には目覚めているときと変わらず、どう考えても、夜と昼間ほどの差はない。あえていえば、夜とたそがれ時のちがいだろうか。精神は一方では眠り、他方ではうとうとしているのであり、これは程度の差にほかならず、いずれにしてもそれは暗闇なのである。

――第二巻第12章「レーモン・スボンの弁護」

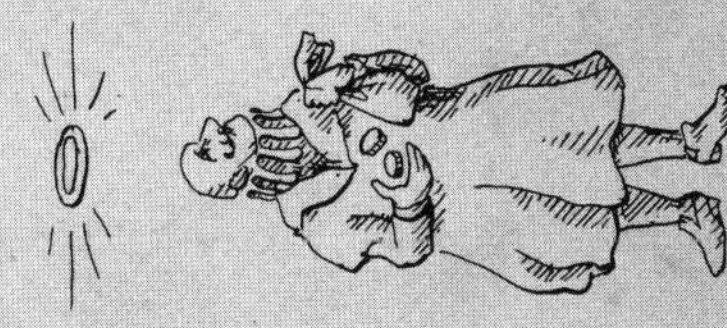

La vie et la mort

4
生と死

De la vie

人生について

□ 人生は、それ自体は善でもなければ、悪でもない。おまえのやり方次第で、それが善の場ともなれば、悪の場ともなるのだ。

——第一巻第19章「哲学することとは、死に方を学ぶこと」

□ 人生の有用性とは、その長さにではなく、使い方にある。長く生きても、少しだけしか生きなかった者もいる。生きているうちは、しっかり心にとめておくんだ——おまえが十分に生きたかどうかは、その年数ではなしに、おまえの意志にかかっているということをな。

——第一巻第19章「哲学することとは、死に方を学ぶこと」

□ われわれにとっては、たとえカエサルの生涯であっても、われわれの生涯にまさる手本とはならない。皇帝の人生であれ、庶民の人生であれ、それはいつでもひとつの人生であって、人間の身に起こるさまざまなできごとがかかわっていることに変わりはない。だから、ひたすら自分の人生経験に耳を傾

けようではないか。

――第三巻第13章「経験について」

□ われわれは一人として、人生の確固たる計画を定めることはなく、その断片ごとに、どうするか決めているにすぎない。弓を射る者は、まずなにを狙うかをわきまえて、しかるのちに、それに、手を、弓を、弦つるを、矢を、そして動作を合わせる必要がある。ところが、われわれの思惑ときたら、方向と目標を持たないために、それていってしまうのだ。目的地の港がないならば、いかなる風も役立たずでしかない。

――第二巻第一章「われわれの行為の移ろいやすさについて」

□ それにしてもわれわれは大変な愚か者である。だって、「彼は、人生を無為にすごした」とか、「今日は、なにもしなかった」などというではないか。とんでもない言いぐさだ。あなたは生きてきたではないか。それこそが、あなたの仕事の基本であるばかりか、もっとも輝かしい仕事なのに。「もっと大きな仕事でもまかせてくれたら、自分の能力のほどを発揮できたのに」だって？

あなたは生活のことに思いをめぐらせて、それをうまく導いたではないか。それならば、きわめつけの大仕事を成就したことになるのである。

——第三巻第13章「経験について」

□ 人間にとっての名誉ある傑作とは、適切な生き方をすることにほかなりません。統治すること、蓄財すること、建物を築くことといった、それ以外のすべては、せいぜいが、ちっぽけな付属物とか添え物にすぎないのです。

——第三巻第13章「経験について」

□ もっともすばらしい生活とは、わたしが思うに、ありふれた、人間的なかたちに、ぴったり合ったもの、秩序はあるけれど、奇蹟とか、逸脱や過剰はないようなものである。

——第三巻第13章「経験について」

De l'argent

金銭について

□ 吝嗇（りんしょく）を生むのは、貧乏ではなく、むしろ大いに富めることなのだ。

——第一巻第40章「幸福や不幸の味わいは、大部分、われわれの考え方しだいであること」

□ 金をたくさん身につければ、それだけ、不安もつのる。とにかく、心がいつも、そっちの方へといってしまう。要するに、金を手に入れることよりも、それを守ることに心を痛めるものなのだ。というのも、ビオン〔前三世紀、キレネ派の哲学者〕も述べたとおりで、髪の毛を抜くと、髪の毛がふさふさの者も、はげ頭の者と同じく、怒るものだから。お金の山があるのが当たり前になると、気持ちがそちらにばかり向いてしまい、財産も自分の役には立たない。

——第一巻第40章「幸福や不幸の味わいは、大部分、われわれの考え方しだいであること」

□ 守銭奴は、強欲さゆえに、貧乏人よりも苦労が多いし、嫉妬深い夫は、寝取られ亭主よりも苦労する。

——第二巻第17章「うぬぼれについて」

□ 自分の金のことを一生懸命に考えては、いじくりまわし、数え直して悦に入るとは、なんと卑しく、愚かなる関心事であることか！ 強欲さは、そうしたところから近づいてくるのである。

——第三巻第9章「空しさについて」

□ 財産は、監督したり、心配したりして苦労するには値しない。支出は、これを正確にしようと思えば、窮屈で不自由なものになってしまう。貯蓄も消費も、それ自体は中立であって、善悪の色がついているわけではなく、われわれの意志次第で、善にも悪にもなるのである。

——第三巻第9章「空しさについて」

□ 豊かさも、貧しさも、各人の心の持ち方次第である。気の持ちようで、その人は幸福にも、不幸にもなる。幸福だなと思われている人ではなくて、自分でそう思っている人こそ、満足できるのだ。

——第一巻第40章「幸福や不幸の味わいは、大部分、われわれの考え方しだいであること」

不幸について

□ わたしは、われわれのうちには、空虚とまでいえるほどの不幸があるとも思わないし、愚劣とまでいえるほどの悪意があるとも思わない。われわれは、空しいほどまでに、不幸で満たされているわけではないし、唾棄すべきだとまでいうほど、悲惨であるわけではない。

——第一巻第50章「デモクリトスとヘラクレイトスについて」

□ われわれはえてして、自分の不幸によって、友人たちの哀れみや悲嘆の念をかき立ててやりたいという、子供じみた、思いやりに欠ける気持ちを抱きがちだが、わたしは毎日のように、こうした感情を理性によって厄介払いしている。われわれときたら、彼らの涙を誘うために、自分の不幸をひどく大げさにしがちだ。われわれの不幸が身にしみるといっても、そのことで悲しんでくれないと満足できないのだ。喜びは広げるべきだけれど、悲しみは、できるだけせばめるべきではないのか。

——第三巻第9章「空しさについて」

□ 理由もないのに、憐れみを求める人間は、いざ、しかるべき理由が生じたときには、憐れんでもらえなくなる。いつも嘆いてばかりいると、同情してもらえなくなるのが落ちだ。始終情けない顔ばかりしているせいで、だれも憐れになど思ってくれなくなる。生きているのに、死んだようなふりをしている人間は、死にかけていても、生きていると思われる。

——第三巻第9章「空しさについて」

□ つらい思いにとらわれたなら、それを屈服させるよりも、交換するほうが近道だ。反対の思いは無理としても、せめて別の思いに置き換えたほうが手っ取り早い。変化というものは、いつだって、苦しみを和らげ、溶かし、散らしてくれる。戦うのが無理ならば、逃げるのがわたしの流儀だ。逃げながら、脇道にそれて、追っ手をまいてしまう。場所を変え、することを変え、仲間も変えて、ほかの用事や、ほかの考えという群れのなかに逃げこむのだ。そうすれば、つらい思いもわたしの跡を見失い、もはや、わたしを見つけられなくなる。

——第三巻第4章「気持ちを転じることについて」

□ われわれときたら、幸運、不運、どんなめぐり合わせでも、自分を自分より上にあるものごとと比べ、より恵まれている人々のほうを見たがる。でも、われわれよりも下にあるものごとを規準にして、おのれを評価しようではないか。そうすれば、どれほど不幸な人だって、自分の慰めになる実例がたくさん見つかるはずだ。下にあるものごとを見て喜ぶのではなくて、自分の上にあるものごとを見て不幸に思うというのが、われわれの悪いくせだ。

——第三巻第9章「空しさについて」)

□ だれにだって起こりうることが、だれかに起こってしまったといって悲しむのは、正しいこととはいえない。

——第三巻第13章「経験について」

□ 避けられないことは、それを耐えしのぶことを学ぶ必要がある。対立物によって世界の調和が構成されているのと同じように、われわれの人生は、耳にやさしい音や耳ざわりな音、高い音や低い音、やわらかい音や荘重な音からできているのだ。片方の音だけが好きな音楽家がいたとすれば、いったいどう

いうつもりなのか。音楽家は、それらをいっしょに用いて、組み合わせて使うことができなければいけない。われわれもまた、善と悪という、ともに人生の実質をなすものに関して、同様の義務がある。人間存在は、両者を混ぜ合わせることなしに成立しないのだし、片方の部類は、もう片方におとらず、必要なものにちがいない。

——第三巻第13章「経験について」

□ 人間にとっての幸福とは、しあわせに生きることなのであって、アンティステネス〔キュニコス派（犬儒派）の祖〕のいうように、しあわせに死ぬことではない。

——第三巻第2章「後悔について」

De la maladie 病気について

□ カエサルは「ものごとは往々にして、近くよりも遠くからのほうが大きく見える」と述べているが、こうしたことをわたしも、ほかのさまざまな場合に経験している。実際に病気になったときよりも、健康なときのほうが、病気

をよほど恐れていたことがわかったのだ。

——第一巻第19章「哲学することとは、死に方を学ぶこと」

□ 神は、富や、名誉や、健康さえも、われわれに損になるかたちでくださる。というのも、われわれにとって喜ばしいものが、われわれのためになるとはかぎらないのだから。神が治癒の代わりに、死や、病状の悪化を与えるのは、神の摂理がそうなさるのだ。神の摂理は、われわれに与えられるべきものを、われわれなどよりも、はるかに確実に見つめておられる。だから、われわれも、きわめて賢く、愛に満ちた手からの授かりものだとして、それを善きものとして受け取る必要がある。

——第二巻第12章「レーモン・スボンの弁護」

□ 健康にしても、これをやたらと切望して、執着するあまり、病気を耐えがたきものと思うようにならないことが必要であろう。われわれは、苦痛を嫌悪することと快楽を愛することのあいだで、しっかりバランスを取らなければいけない。

——第三巻第10章「自分の意志を節約することについて」

□ 風邪や痛風や下痢、動悸や頭痛でも、その他の故障でも、わたしは、それらの病気が体内で年をとって、自然に死ぬがままに放っておいた。そうした病気を養ってやるのに半分ぐらい慣れたころに、退散させたことになる。こうしたものは、挑みかかっていくよりも、やさしくもてなしてやるほうが、うまく追い払うことができる。われわれは、人間存在の定めに静かに耐えていかなくてはいけない。いくら医学があるといっても、人間は、老いて、衰弱して、病気になるようにできているのである。——第三巻第13章「経験について」

□ 病気にだって寿命や限界があるし、具合がいいときもあれば、悪いときもあるのだ。いろいろな病気の仕組みというものは、動物の仕組みにならってかたちづくられている。つまり、生まれたときから、限られた運命と寿命をもっているのだ。その流れにさからって、強引に病気を短縮しようとすると、かえって長びかせたり、猛威をふるわせてしまう——落ち着かせるどころか、いらだたせてしまうのだ。

——第三巻第13章「経験について」

□ おまえは病気だから死ぬのではなくて、生きているからこそ、死ぬんだよ。病気という手助けがなくたって、死は、おまえをしっかりと殺すんだぞ。

—— 第三巻第13章「経験について」

□ 賢い病人のそばに付き添う人々には、陽気さとまで行かなくても、少なくとも、静かで落ち着いた態度、表情をしていることが望ましい。賢い病人は、たとえ自分が健康とは反対の状態にあっても、健康にけんかを売ることなどないし、他者のうちに、健康が力強く完全な姿であるのを見れば、少なくとも、そうした人間といっしょにいることによって、健康を味わえてうれしいのである。賢人は、自分が崩れ落ちていくのを感じても、生きることの思想をいささかも排除しないし、ふつうの会話を避けることもない。

—— 第三巻第9章「空しさについて」

医学について

□ 医学の明らかな効果のほどを実証するぐらい、医者たち自身が、幸福に長生きしているとでもいうのだろうか?

——第二巻第37章「子供が父親と似ることについて」

□ わたしの場合知っているかぎりでは、医学の管轄のもとにある人々ほど、病気になるのが早くて、治るのが遅い人種はいない。食事療法という拘束のせいで、彼らの健康そのものがむしばまれ、そこなわれている。医者たちときたら、病気を支配するだけでは満足せず、健康をも病気にしてしまって、われわれが一年中、彼らの権威から逃れられないようにしようとする。とにかく彼らは、こちらがいつも完全に健康であっても、将来の大病の論拠を引っぱり出してこようとするではないか。

——第二巻第37章「子供が父親と似ることについて」

□ あなたの医者が、眠るのがよくないとか、ワインを飲んだり、これこれの食

べ物を口にするのはよくないとかいっても、あまり気にしないほうがいい。それと反対意見の医者を、わたしが探してあげるから。医学に関する議論や意見は千差万別であって、あらゆるかたちを含んでいるのだ。

——第三巻第13章「経験について」

老いについて

De la vieillesse

□ 若い人は、ときには羽目をはずしてみるのがいい。さもないと、ささいな道楽で、身をもちくずしてしまうし、人とのつきあいでも、気むずかしくて、不愉快な人間になってしまう。気むずかしくて、ひとつのライフスタイルで自分を縛りつけることなど、紳士(オネットム)の生き方の対極というしかない。あれこれ折り合いのつく、しなやかなものでないと、いかにも特殊な生きかたになってしまう。仲間たちが現にやっているのに、力がなくて、あるいは度胸がなくてできないというなら、はずかしいことだ。そうした連中は、自分の台所でも守っていればいいのだ。

——第三巻第13章「経験について」

□ 青年たちになによりも奨めるべきは、活動的で、覚醒していることだ。生きることとは、運動にほかならない。

——第三巻第13章「経験について」

□ 人間だれしも老年になると、過ぎ去った時を讃えては、現在をけなし、自分の悲惨さや苦しみを、世間や人々の生活習慣のせいにしたがるものだ。

——第二巻第13章「他人の死について判断すること」

□ 老いは、顔よりも、精神に、たくさんの皺（しわ）をつけるにちがいない。年老いても、すっぱいにおいや、かびくさいにおいがしないような魂など、まずめったに見られるものではない。

——第三巻第2章「後悔について」

□ 老いを受け入れた醜さは、わたしが思うに、塗りたくったり、すべすべにした老いよりも、老いぼれてもいなければ、醜悪でもない。

——第三巻第5章「ウェルギリウスの詩句について」

□ 老年には、いろいろな欠陥や無能力がつきものでして、ばかにするのに格好の標的なのですから、老年が手に入れられる最高のものは、家族の愛情ということになります。命令したり、こわがらせたりするのは、もはや老人の武器ではありません。

——第二巻第8章「父親が子供に寄せる愛情について」

□ 人間、老いさらばえていくと、最後には、だれからも厄介で手に負えない存在と見られるようになる。世間の義務といっても、そこまでは手が届かない。こうしてあなたは最愛の人々に、否応なしに冷たさを教えこむ。妻や子供も、長いあいだの習慣の力で、あなたの病気のことなど感じもしなければ、気の毒にも思わないほど、その心を冷たくしてしまう。彼らとの交わりによって、いくらかは喜びが得られるとしても、いつまでもそれにつけこむのはやりすぎだ。われわれはお互いに寄りかかる権利はあるけれど、相手を支えにして、あまりに重くのしかかり、相手を押しつぶしてしまってはならない。老いさらばえることとは、孤独であるべき性質のものだ。

——第三巻第9章「空しさについて」

□ アリストテレスによれば、ヒュパニス川には、一日しか生きない小さな動物がいるという。そのうち、朝八時に死ぬものは夭折であって、夕方の五時に死ねば老衰ということになる。こうした寿命の長短を、やれ幸福だ、やれ不幸だと考えているのを目にしたら、だれだってあきれかえるに決まっている。われわれの一生の長短などというものも、これを、永遠や、山、川、星、木々や、ある種の動物などと比較した場合、なんとも取るにたりぬものにすぎないのである。

——第一巻第19章「哲学することは、死に方を学ぶこと」)

□ 長生きすることも、少ししか生きないことも、死んでしまえば同じことだ。

——第一巻第19章「哲学することは、死に方を学ぶこと」

□ われわれの誕生が、われわれにすべてのものごとの誕生をもたらしたのと同じで、われわれの死は、すべてのものごとの死をもたらすであろう。したがって、今から百年後に自分が生きてないことを嘆くなどは、今から百年前に生

きていなかったことを嘆くと同じく、愚かなことというしかない。

——第一巻第19章「哲学することとは、死に方を学ぶこと」

□ おまえが生まれた最初の日というのは、おまえを、生きるほうに向かってだけではなくて、死ぬほうに向かっても連れていくんだ。

——第一巻第19章「哲学することとは、死に方を学ぶこと」

□ 多数の動物や人間が、恐ろしいと思うまもなく、死んでしまう。つまり、われわれが死においてなによりも恐れているといったりしているのは、死の前触れとなりがちな苦痛というものなのだ。

——第一巻第40章「幸福や不幸の味わいは、大部分、われわれの考え方しだいであること」

□ 死のなかには、ほかの死と比べて、簡単な形をしたものもあるし、その人の精神状態に応じて、その性質もさまざまだといえる。いわゆる自然死のなかでは、肉体が衰弱し、麻痺することによる死が、静かで穏やかなものと思わ

れる。いわゆる非業の死のなかでは、なにかに押しつぶされるよりも、断崖から落ちて死ぬほうが、鉄砲で撃たれるよりも、剣で刺されて死ぬほうが苦しいのではと想像している。結果は同じこととはいっても、赤々と燃える火に身を投じるのと、緩やかな川の流れに飛び込むのとを想像すると、それこそ生と死ほどの差異を感じずにはいられない。人間の恐怖心はかくも愚かなものであって、結果より方法を重く見てしまう。

——第三巻第9章「空しさについて」

□ もしもわたしが、異郷に客死することを危惧するならば、あるいはまた、家族の者たちと遠く離れていては、安心して死ねないというのなら、フランスの外になど、ほとんど出て行けないだろうし、恐ろしくて、教区の外にも出られないかもしれない。しかしながら、わたしという人間は出来が変わっているのか、どこで死んだって、わたしにとって死は同じことなのだ。とはいうものの、どこか死に場所を選べというならば、ベッドの上よりも馬上がいいし、家の外で、家族の者たちからは離れたところがいい。死に行く身とし

て、友人たちに別れを告げるのは、心の慰めというよりも、胸の張り裂ける思いではないか。

——第三巻第9章「空しさについて」

□ 遠くで、一人きりで死ぬことは、大した不幸ではない。われわれはそもそも、死ほどぶざまでもなければ、忌まわしくもない自然の行為をするときにも、どこかに引きこもってすべきだと考えているではないか。

——第三巻第9章「空しさについて」

□ われわれは死ぬことを心配するせいで、生きることを乱しているし、生きることを心配するせいで、死ぬことを乱している。生はわれわれを苦しませ、死はわれわれをおびえさせるのだ。われわれは、死に対して心構えをしているのではない。死とは、あまりに瞬間的なものであって、たった一五分の断末魔の苦しみなどは、その後になんのダメージも残りようのないものであるから、それに備えて特別な教訓などはいらない。——第三巻第12章「容貌について」

□ 死というものは、いたるところで、われわれの生と混じりあっている。生の日暮れが、死の時間に先行して、われわれの成長発展の流れのなかにさえ入りこんでいる。わたしには、二五歳と三五歳のときという、二枚の肖像画がある。これらの肖像画を、最近描いてもらったものと比較すると、わたしは、どれほどわたしでなくなってしまっていることか。わたしの姿が、どれほど若いころの姿からは遠ざかってしまい、むしろ死の姿に近づいていることか。

——第三巻第13章「経験について」

Du suicide
自殺について

□ 死という代償を支払って、安心や、苦痛や苦しみの不在、現世における不幸からの脱却を買い取っても、われわれになんの幸福ももたらしはしない。戦争を避けても、平和を享受できなければ詮なきことだし、苦痛から逃れても、安らぎを味わえないのなら、これまた詮なきことというしかない。

——第二巻第3章「ケオス島の習慣」

□ いかなる不幸といえども、それを避けるために死のうとするまでの価値はない。おまけに、人間のすることなすことには、突然の変化がつきものであるから、どの地点で、われわれの望みが尽きたのかを判断するのは困難である。

——第二巻第3章「ケオス島の習慣」

□ まったく健康そのもので、平静なときに自殺を決意するのは、本当のところは、それほど偉いことではない。死と格闘してもいないのに、強がりをいうのはごく簡単なことにすぎない。

——第二巻第13章「他人の死について判断すること」

□ 妻や友人のためにも、もっと長生きしようなどとは思わない人間、かたくなまでに死のうとする人間は、あまりに気むずかしくて惰弱である。家族がそれを必要として、求めているときには、魂みずからが、そうしろと自分に命じなくてはいけない。友人たちのために、自分を貸さねばならぬことだってあるのだ。自分のために死にたいと願っていても、彼らのために自分の計画

を中断しなくてはいけない。他人のことを考えて、生へと立ち戻るのは、心意気の偉大さのあかしであって、優れた人々はそのようにしてきたのである。

——第二巻第35章「三人の良妻について」

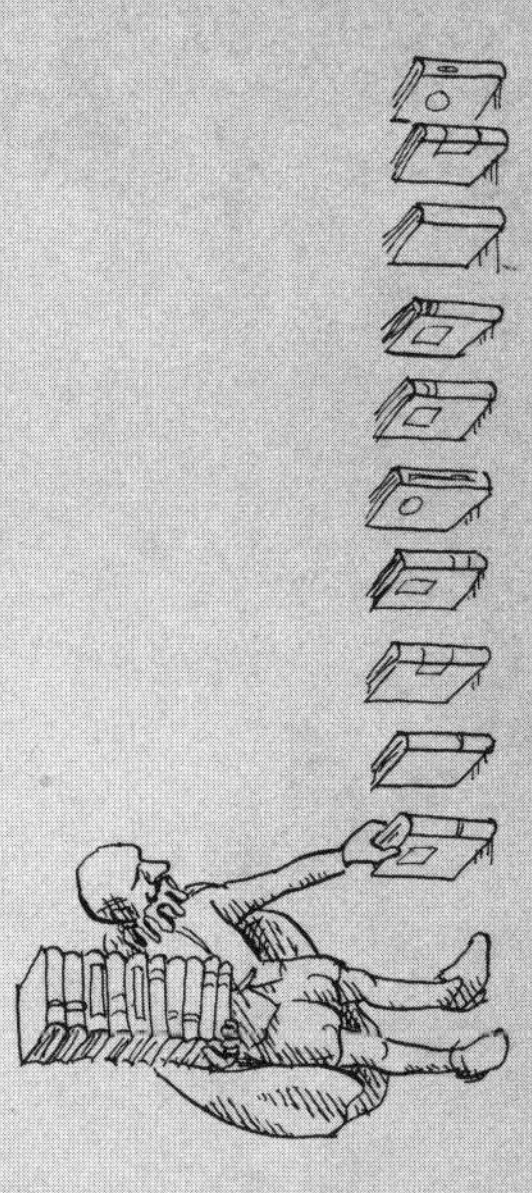

La science et la sagesse

5
学識と知恵

学問について

□ 学問というのは、たしかに良薬だ。しかし、どんな薬といえども、それを入れる容器が悪ければ、変質や腐敗をこうむらずに保存することは無理である。はっきりした視力を持ちながら、まっすぐ見られない人もいる。その結果、善を見ながらも、それにしたがわず、学問を見ながらも、それを使わないことになる。

――第一巻第24章「教師ぶることについて」

□ 学問というのは、光を持ちあわせない精神に、光を与えるものではないし、盲人を目が見えるようにするものでもない。学問の務めとは、精神に視力を与えることではなくて、精神の視力を訓練して、その歩様(ほよう)をしっかりと整えることにほかならない。それには、精神そのものが、まっすぐで、能力のある脚を備えていることが必要だ。

――第一巻第24章「教師ぶることについて」

□ りっぱな家柄の子供が、文芸にいそしむのは、金銭のためでもありませんし、世間的な利益のためでもなく、自分自身のため、自分を豊かにして、その内

面を飾るためであって、学識ある人間というよりも、知性・判断力のある人間となることをめざすためなのです。――第一巻第25章「子供たちの教育について」

□ われわれが勉学することのメリットとは、それによって、よりよい人間に、より賢い人間になることなのです。――第一巻第25章「子供たちの教育について」

□ それにしても、文芸が、われわれに、よく考え、よくふるまうことを教えないとしたら、なんという損失であろうか！ なにが善なのかを知らなければ、それ以外のどんな知識も有害でしかないのに。

――第一巻第24章「教師ぶることについて」

De l'éducation

教育について

□ 教師は授業の際に、そこに出てくる単語のことだけではなく、その意味や実体についても説明を求めるべきです。また、生徒がどれだけ覚えたかではな

く、その生活を証拠として、その成果を判断する必要があります。習ったばかりのことを、さまざまの視点で考えさせて、それと同じぐらいに多様な主題について適用させることで、生徒がしっかり把握して、自分のものとしているのかを、子供の進歩の具合を探りながら、確かめていくのです。

——第一巻第25章「子供たちの教育について」

□ 教師は、生徒に、すべてを篩(ふるい)にかけさせて、なにごとも、単なる権威や信用だけで、頭のなかに宿すことのないようにする必要があります。要は、多種多様な判断を提示してあげることで、選べるものなら、本人が選ぶでしょうし、そうでなければ、懐疑のうちにとどまるはずです。

——第一巻第25章「子供たちの教育について」

□ 子供の精神を鍛えるだけでは十分ではなく、筋肉もまた鍛えてやらなければいけません。肉体の助けがないと、精神に圧力がかかりすぎてしまいます——精神だけで両方の仕事をするとなると、それはもう、手に負えるものではあ

りませんから。

——第一巻第25章「子供たちの教育について」

□ 遊びや運動さえも、勉強の大事な部分となるでしょう。かけっこ、レスリング、音楽、ダンス、狩猟、乗馬、武術などがそうです。わたしは、礼儀正しさや、社交性や、きびきびした態度が、精神といっしょに形成されてほしいのです。精神や肉体を訓練するのではなく、人間を訓練するのですから、両者を別々に扱ってはいけないのです。——第一巻第25章「子供たちの教育について」

□ 教師の権威は、子供に対しては絶対的なものでなくてはいけませんが、両親がそばにいることで、それが中断され、妨げられてしまいます。加うるに、家の者たちが、その子供にやたらと敬意を払ったり、あるいは自分の家が名門で資産もあることを、本人が意識していたりしますと、こうした年頃の場合には、はなはだしい不都合になると、わたしは考えています。

——第一巻第25章「子供たちの教育について」

□ 教育は、現行のやり方とはちがって、きびしさのこもったやさしさにより、進められるべきです。学校では、子供たちを教養へとうながすどころか、実際は、恐怖と残酷さを見せつけるだけではありませんか。力づくや暴力はやめてもらいたい。思うに、よく生まれついた本性を、これほど歪め、麻痺させるものはないのですから。いじらしい、おどおどした子供心に、授業への意欲を目覚めさせようとして、鞭で身がまえて、あんなおそろしい顔つきをして、ぐいぐい引っぱっていこうとするなんて、まったくなんというやり方でしょうか。不正で、有害な方法というしかありません。

——第一巻第25章「子供たちの教育について」

□ 名誉と自由のためにしつけるべき幼い精神を、教育するにあたって、わたしはすべての暴力を非難します。厳格さと強制のうちには、なにかしら隷属的なものが存在するのです。それに、理性と、英知と、たくみな技量によって、なしえないことが、力ずくでできるはずがないと思うのです。鞭に対しては、人間の心をいじけたものにするか、さもなければ、もっと強情でひねくれた

ものにする以外には、いかなる効果を認めたことがありません。

――第二巻第8章「父親が子供に寄せる愛情について」

□各家庭には、その家のやりかたなり作法があるわけなので、従者たちの娘に、この上なく厳しい規律を課そうとした奥方たちは、あまり芳しい成果を上げることができなかった。そうしたことには程(ほど)というものが必要だし、彼女たちのふるまいの大部分は、本人の判断に任せるべきなのだ。それに、どのようにしても、あらゆる面で彼女たちの手綱をしぼれるような規律などありはしない。実際のところ、自由な教育環境に置かれて、そこからつつがなく抜け出てきた娘は、牢獄のように厳しい学校を無事に卒業した娘よりも、ずっと信頼がおけるのである。

――第三巻第5章「ウェルギリウスの詩句について」)

知識について

□ われわれは、他人の意見や知識をしまっておくが、それでおしまいだ。それをわがものにしなくてはいけないのだ。これではまるで、火が必要になって、隣の家にもらいにいって、火が大きく、赤々と燃えてるのを見ているうちに、これをもらって帰ることなどすっかり失念してしまい、そこに居すわって体を暖めている人と、そっくりではないか。お腹に食べ物をいっぱい詰めこんだって、それが消化されて、血となり肉となり、体力をつけてくれなければ、どうしようもない。

——第一巻第24章「教師ぶることについて」

□ われわれは他人の知識で物知りにはなれるかもしれないが、賢くなるには、自分自身の英知によるしかない。

——第一巻第24章「教師ぶることについて」

□ 知識を手に入れるのは、ほかの食べ物や飲み物の場合よりも、はるかに危険を伴う。というのも、ほかのものの場合、買ったものをいったんなにかの容器に入れて、家に持ち帰り、どれほどの価値があるとか、何時に、どのくら

い食べたり、飲んだりすればいいのかを調べることができる。ところが知識は、のっけから、われわれの精神以外の容器には入れられない。それを買うと同時に呑みこんでしまうから、市場（いちば）を出るときには、もうそれに感染するか、あるいは改められるかしている。なかには、栄養になる代わりに、消化を妨げたり、胃にもたれたりするだけのものもあるし、治療と称して、われわれを毒するものもある。

——第三巻第12章「容貌について」

De la doctrine
学説について

□ 人間の考え方というものは、伝統的な思いこみを受け継いだ権威や信用というものの力により、まるで宗教や法律のように受けいれられてきたのである。われわれは、一般的に信じられていることを、まるで呪文のように受けいれて、その真理を、論証も証拠もひっくるめて、がっしりした堅牢な建物として認めてしまい、二度とこれを揺さぶったり、判断したりしないのである。

——第二巻第12章「レーモン・スボンの弁護」

□ なにか新しい説が登場したときに、われわれがこれを警戒し、この説が出てくる前は、別の説がもてはやされていたではないかと考えるのは、当然のことであろう。そして、前の説が、新しい説によってくつがえされたということは、今後、第三の説が生まれて、同様にして第二の説を打ちくだくかもしれないのだ。

——第二巻第12章「レーモン・スボンの弁護」

□ とにかく、賢人もまちがえうるのだし、百人の人間も、いや、多くの国民も、それどころか、われわれから見ても、人類そのものが、何百年にもわたって、あれこれとまちがってきた。だとすれば、人類は、まちがいに終止符を打つこともあるのだとか、いまのわれわれの時代にはまちがってはいないのだとか、どうして確信できようか?

——第二巻第12章「レーモン・スボンの弁護」

□ われわれ人間存在は、あやまりを免れないのだから、変更をおこなうにあたっては、せめて、より節度と自制心をもってふるまうべきではないだろうか。われわれの知性により、なにを受容するにしても、われわれはしばしば、あや

まったものを受け取るのであり、しかも、しばしば矛盾をきたして、まちがいをしでかすような道具を介して受け取るのだということを、つねづね拳々服膺すべきであろう。

——第二巻第12章「レーモン・スボンの弁護」

無知について

De l'ignorance

□ もしも人間を、その行動やふるまいによって数えるならば、学のある人間より、無学な人々のほうが、優れた者がたくさんいることがわかるはずだ。

——第二巻第12章「レーモン・スボンの弁護」

□ 本当の碩学には、麦の穂と同じようなことが起こる。麦の穂は、からっぽのうちは、すっと頭を高くして、まっすぐ堂々と立っているけれども、たわわに実が熟してきて、穂が大きく充実してくると、身をかがめて、先端を垂れ始める。これと同様にして、すべてを試みて、探索した結果、積み重ねられた知識と、さまざまなことがらの蓄積のうちに、ひとかたまりの確固たるも

のはいささかもなく、そこには空虚しかないことを見いだして、人間はそのうぬぼれを捨てて、自分たちの生得の条件を悟るはずなのだ。

――第二巻第12章「レーモン・スボンの弁護」

□ わたしはなにを知っているのか？

――第二巻第12章「レーモン・スボンの弁護」

□ 自分が無知だと気づくためには、一定の知識を必要とするし、扉が閉じていることを知るには、まず押してみなければいけない。したがって、自分自身を知るという知識についても、だれもが、自信ありげで、満足していて、自分のことは十分に理解しているかに見えるのは、実際はなにもわかってないことを意味している。

――第三巻第13章「経験について」

□ 世の中の誤りの多くはというか、もっと大胆にいわせてもらうなら、世の中の誤りのすべては、われわれが自分の無知を表明することを恐れるように教えこまれているがために、反駁できないことは、ことごとく受け入れなけれ

ばいけないようになっていることから生じている。

——第三巻第一一章「足の悪い人について」

□ もしも無知を治したいのならば、無知を告白する必要がある。驚きは、あらゆる哲学の基礎であって、探究はその途上であり、無知が究極なのである。しかも、名誉においても、勇気においても、知識にいささかも遜色のない、強くて、高邁な無知なるものが存在する。この種の無知をいだくためには、知識をいだくのにひけをとらないほどの知識が求められるのだ。

——第三巻第一一章「足の悪い人について」

判断について
Du jugement

□ フランスの高等法院のなかには、司法官（オフィシエ）を採用する際に、学識（シアンス）だけを試験しているところもあるが、それ以外の高等法院では、具体的な訴訟について判決をさせてみて、その能力を試している。後者の方が、よほど優れた方法だ

と思われる。知識と判断力は、ともに必要であるし、兼ね備えているべきではあるものの、それでも本当のところは、判断力にくらべると、学識力（サヴォワール）は評価が低くなる――判断力は学識力なしでも平気だけれど、逆は成り立たないのだ。

――第一巻第24章「教師ぶることについて」

□ 川を見たことがない人間は、初めてこれを目にして、大海原ではないのかと考えた。われわれは、自分が知っているもののうちで最大のものを、その種類のなかで、自然が作りあげた極限のものだと判断しがちである。

――第一巻第26章「真偽の判断を、われわれの能力に委ねるのは愚かである」

□ 人間の判断力とは、世間と交わることで、驚くべき明晰さを引き出せるものです。われわれはだれも、自分のなかに縮こまって、幾重にも積み重なっていて、せいぜい鼻先ぐらいまでの視野しか持ちあわせていません。ところがソクラテスは、どこの出身かと聞かれて、「アテナイだ」とは答えずに、「世界だ」と答えたのです。彼は、より充実した、広い想像力の持ち主でしたか

ら、世界をわが町のように包みこんで考えて、自分の知己や、つきあいや、愛情を、人類全体にまで投企していたのです。自分の足元しか見ないわれわれとはちがうのです。

——第一巻第25章「子供たちの教育について」

□ 世間一般の考え方にさからって自分の判断を定めるのは、なかなかむずかしいことである。まず最初に、もっとも単純な人々が、そのことがら自体に対して確信をいだく。すると次に、この確信が、証言の数とか、その古さにものをいわせて、知性のある人々にも広がっていく。でも、わたし個人は、一人の人間がいって信じないことは、たとえ百回いわれても、信じるつもりはないし、ましてや、さまざまな意見を、その年数いかんで判断することはない。

——第三巻第11章「足の悪い人について」

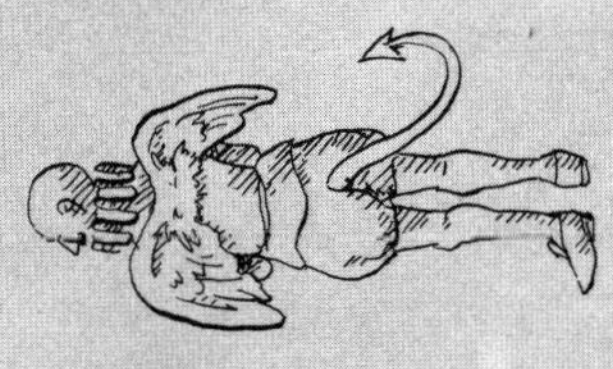

Le bien et le mal

6
善と悪

Sur le vice

悪徳について

□ 人間ほどに、非社会的な存在もなければ、人間ほどに、社会的な存在もない――前者は悪徳によって、後者はその本性によって。

――第一巻第38章「孤独について」

□ われわれという存在は、病んだ性質によってつなぎ合わされている。野心、嫉妬、羨望、復讐、迷信、絶望などが、きわめて自然な所有物として、われわれの内に宿っているために、われわれときたら、動物のうちにも、その似姿を認めるほどだし、この上なく自然にもとる残酷さという悪徳さえ、例外ではない。というのも、われわれときたら、憐憫(れんびん)を感じている最中にも、他人が苦しむのを見ては、優しそうでも棘のある、なにやら意地悪な喜びを感じるではないか。子供たちだって、そういう気持ちを抱くものだ。

――第三巻第一章「役立つことと正しいことについて」

□ 悪徳は、どれもこれも悪徳であるという点では、すべて同じである。しかし

ながら、それらの悪徳は、いずれも悪徳だとはいっても、同等の悪徳というわけではない。境界線を百歩も越えた人間が、それを十歩しか越えていない人間よりも、悪い状態ではないというのは、やはり信じがたい。また、神を冒瀆することが、そこらの畑からキャベツを盗むことよりも悪くないというのも、信じがたいことである。

——第二巻第2章「酔っぱらうことについて」

□ 邪悪な心も、なにかしら外からの刺激によって、善行へとみちびかれることがよくあるように、高潔な心が、悪行(あくぎょう)をそそのかされることもある。

——第三巻第2章「後悔について」

□ 自分の悪徳を語るためには、それを見つめ、じっくり観察しないといけない。それを他人に隠す人は、ふつうは自分にも隠している。

——第三巻第5章「ウェルギリウスの詩句について」

□ われわれのもっとも大きな悪徳というのは、幼年時代にくせがつくのであっ

て、結局、いちばん大事な教育というのは、乳母たちの手に託されているように思う。子供には、悪徳そのものの本質を憎むことを、懇切丁寧に教えこみ、その本来のみにくさを悟らせて、行動においてのみならず、とりわけ心のなかで悪徳を避けるようにしてやる必要がある。つまり、悪徳がどのような仮面をつけていようと、そのことを考えること自体おぞましいと思うようにさせなくてはいけない。

——第一巻第22章「習慣について。容認されている法律を容易に変えないことについて」

□ 本当の悪徳で、人を傷つけず、公明正大な判断によって非難されないようなものはない。悪徳は、潰瘍が肉のなかに傷あとを残すように、心のなかに後悔を残し、心は、たえず自分をかきむしって血にまみれる。

——第三巻第2章「後悔について」

Sur la conscience

良心について

□ 貞節な人間はだれでも、自分の良心を失うよりは、むしろ名誉を失うことを

選ぶ。

——第二巻第16章「栄光について」

□ われわれのように、自分だけにしか見えない私生活をおくる人間は、内面にしっかりした規範をつくっておいて、われわれの行動の試金石としなければいけないし、その規範にのっとって、ときには自分を優しくなで、ときには懲らしめる必要がある。わたしは、心のなかに法律と法廷をもっていて、自分を裁くのだし、ほかのどこよりもここに出向いていく。自分の行為を制限する際は、他人に合わせるものの、それを広げるときは、自分にだけしたがう。

——第三巻第2章「後悔について」

□ 心の内面までも、しっかりと秩序を保てるような生活は、実に希少なものといえる。田舎芝居(パトラージュ)に加わって、舞台でりっぱな人間を演じることなら、だれにでもできる。しかし重要なのは、すべてが許され、すべてが隠されている心のうちで、つまりは、内面において規律正しいことなのだ。その次の段階、それは家のなかでの、だれにも説明しなくてもいいようなふだんの行動のな

かで、つまりは、なんの計算も技巧もいらない場所で、規律正しいことであろう。

——第三巻第2章「後悔について」

Sur nos défauts

われわれの欠点について

□ 他人の愚かなふるまいは、毎日のように、わたしを戒めてくれるし、忠告を与えてもくれる。ちくっと刺すもののほうが、心地よいものよりも、心にふれるし、しっかり目覚めさせてくれる。現代というのは、一致よりも不一致によって、同調よりも差異によって、いってみれば後ずさりするかたちで自分を改めるしかない時代なのだ。というか、よいお手本からほとんど学ぶことができずに、悪い手本を用いているわけだが、それによっていつも教えられているのである。

——第三巻第8章「話し合いの方法について」

□ われわれの目には、背後のものは見えない。一日に何回も、隣人をばかにすることで、われわれは自分自身をばかにしている。明らかに自分のなかにあ

る欠点の数々を、他人のうちに見つけては、これを憎み、しかも、はなはだ無自覚にして、厚かましくも、他人の欠点にあきれかえったりしているのだ。

——第三巻第8章「話し合いの方法について」

□ わたしは別に、自分が潔白でなければ、他人を非難してはならないなどというつもりはない。そうなると、だれも他人を非難できなくなるであろう。それに、同じ種類の罪に関して潔白でないとだめだというつもりもない。わたしがいいたいのは、われわれの判断によって、問題となっている他人を非難する場合、その判断なるものが、自分の内心に対する厳しい裁きを容赦するようであってはならないということである。自己のうちから悪徳を除くことができない人間が、それにもかかわらず、他人の悪徳を、しかもさほど悪質で、頑固な萌芽だともいえないのに、取り除こうと努めるとしたら、それは慈愛の義務によるのだ。

——第三巻第6章「話し合いの方法について」

□ さらに、わたしの欠点について忠告してくれる人に向かって、「それはあなた

にもありますよ」と言い返すのも具合がよろしくない。相手に欠点があるから、それでどうしたというのだ。忠告が正しく、有益であることになんの変わりもないではないか。鼻がよければ、自分の汚物は、なんといっても自分のものなのであるから、より強く匂うにちがいないのだ。

――第三巻第8章「話し合いの方法について」

□ 自分に対する率直な判断に耳を傾けるには、強力な耳を必要とする。それを聞いて、傷つかないような人間は少ないのだから、わざわざこれほどのことまでにするのは、それこそ、相手に対してよほどの友情を示しているにちがいないのだ。なぜならば、相手のためを思って、あえて傷つけ攻撃するのは、健全な愛情の発露なのだから。

――第三巻第13章「経験について」

残酷さについて

□ 動物について、その血が流れるのを好む性質は、その人が生まれつき、残酷さへの傾向があることを物語っている。古代ローマでは、動物を殺す見せ物に、人々がすっかり慣れてしまうと、その次には、人間や剣闘士たちの殺し合いを見物するようになった。ひょっとして、自然状態そのものが、人間に対して、非人間的な残忍さへの本能を付与しているのではないのかと思うと、恐ろしくなる。動物どうしがじゃれたり、愛撫しあったりするのを見ても、だれも熱狂しはしない。ところが、動物どうしが、おたがいに相手を引き裂き、四肢をばらばらにするのを見れば、だれでも狂喜するのだから。

——第二巻第11章「残酷さについて」

□ 復讐心なるものは、ある種甘美な情念であって、人の心に深く刻みこまれた、自然な感情である。わたしにはそうした経験はないものの、よくわかる。つい最近も、ある若い親王の復讐の念を、なんとか思いとどまらせようとしたことがあったが、彼には、これとは逆の姿が、いかに美しいものか実感して

もらうように努めてみた。つまり、寛容と慈愛の心により、どれほどの名誉と、好意と、親切が得られるものかを説いて、彼の気持ちを、功名心のほうに向かせたのである。復讐心に対しては、このようにするといい。

——第三巻第４章「気持ちを転じることについて」

□ 暴君というものは、なぜあれほど血に飢えているのだろうか？　それは自分の身の安全が心配でたまらないからであって、根が臆病なものだから、自分に危害を及ぼしかねない者を皆殺しにしないと、安心できないのだ。かれらは、ひっかかれるのがこわくて、女たちさえも殺してしまう。

——第二巻第27章「臆病は残酷の母」

□ 最初の残酷行為は、残酷さを自己目的としておこなわれる。そのことから、当然、復讐されるのではないかという猜疑心が生まれて、最初の残酷行為を、次の残酷行為によって抹殺するということになって、いわば新たな残酷さの連鎖が生じてくるのだ。

——第二巻第27章「臆病は残酷の母」

戦争について

□ 戦争というのは、人間の行為のうちでもっとも偉大にして、壮麗なものだが、はたしてわれわれは、これをなにかしら人間の特権の論拠にでもしようというのだろうか？ それとも反対に、人間の弱さや不完全さの証拠にでもしようというのだろうか？ 正直いって、おたがいに滅ぼし合い、おたがいに殺し合って、われわれ人類を破滅、滅亡させるような技術や知識などは、このような技術や知識を有さぬ動物からしても、さほど羨ましくないものにちがいないとわたしは思う。

――第二巻第12章「レーモン・スボンの弁護」

□ 皇帝たちの精神も、靴直したちの精神も、しょせんは同じ鋳型で作られている。王侯たちの行為の重要さや重大さから考えて、われわれはそうした行為が、なにかしら重く、重要な原因から生じたものだと思いこみがちだけれど、それはまちがっている。彼らのそうした動きも、われわれの場合と同じバネに導かれて、作動している。われわれが隣人と言い争うのと同じ理由で、王侯たちは戦争に突入するのだ。われわれが従僕を鞭打たせるのと同じ理由が、

一国の王をとらえて、一地方を滅亡させるにいたるのである。彼らもわれわれのように軽い気持ちで同意するものの、それが重大な結果を及ぼすことになる。

——第二巻第12章「レーモン・スボンの弁護」

□ パリスの不義密通のために戦争となって、全アジア〔「アジア」はトロイアをさす〕が滅亡した。たったひとりの人間の欲望、恨みつらみ、快楽、個人的な嫉妬、ふたりのニシン売り女が引っかき合ってけんかするにも及ばないような理由というのが、あの大変な混乱全体の核心であり、動因なのだ。

——第二巻第12章「レーモン・スボンの弁護」

□ 武力以外の逃れる手段を奪っておいて、その相手を攻撃するのは、危険を冒すことになる。というのも、背水の陣とは、狂暴な女教師であって、《窮地に立たせると、その噛み傷も深くなる》〔ポルキウス・ラトロ『デクラマティオ』、リプシウス『政治学』より引用〕からである。

——第一巻第47章「われわれの判断の不確実なことについて」

□ 防御は攻撃を誘い、警戒心は攻める気持ちをかき立てる。

——第二巻第15章「われわれの欲望は、困難さによってつのること」

うそについて
Sur le mensonge

□ うそをつくというのは、呪われた悪徳である。われわれはことば（パロール）を持っているし、そのことば（パロール）によっておたがいに結びついているからこそ、人間なのだ。だから、うそをつくことのおそろしさや、重大さを認識していれば、他の罪にもまして火刑に処するのが当然であろう。——第一巻第9章「うそつきについて」

□ 自分の記憶力がしっかりしていると思えないような人間は、うそをつこうなどとわざわざすべきではない。

——第一巻第9章「うそつきについて」

□ わたしは自分をいつわるのがつらいから、なるべく他人の秘密を預からないようにしている。知っているのに、知らないと白（しら）を切る気持ちになれないのだ。

たしかに黙っていることはできるが、否認するとなると、苦労や不愉快さなしにはできない。王侯貴顕に仕えるためには、口が固いだけではなく、うそもつけないと十分とはいえない。

――第三巻第5章「ウェルギリウスの詩句について」

□ それにしても、もしもうそというものが、本当と同じく、ひとつの顔しか持っていなければ、ずっと都合がいいのだが。なぜならば、うそをいう人と反対のことを確かなものだと考えればいいのだから。ところが、本当の反対には無数の顔があって、際限のない領域が広がっているのだ。

――第一巻第9章「うそつきについて」

真実について

Sur la vérité

□ 真実とは、美徳にとって第一の基本的な部分といえる。真実は、そのこと自体を愛さなければいけない。強いられたから、そのほうが得だからという理

由で真実をいう人、だれにもどうでもいいようなことだからといって、恐れげもなく嘘をつく人は、十分に真実な人とはいえない。とはいっても、なにも、必ずしもすべてをいう必要はないのであって、そんなことをしたらばかだ。けれども、口に出していうことは、自分が思っているままでなくてはいけない。さもないと、それは邪悪なことになる。

——第二巻第17章「うぬぼれについて」

□ 真実だからといって、特別扱いして、時や方法を選ばずに用いてかまわないというわけではない。真実の使用は、たしかに高貴なものとはいいながら、程もあれば、限界もある。

——第三巻第13章「経験について」

□ 今日の真実は、あるがままのことではなくて、他人にそのように思いこませることになっている——あたかも、われわれが、正貨だけではなく、流通している贋金も、貨幣と呼ぶようなものだ。

——第二巻第18章「嘘をつくこと」

□ 真実を話すのはだれにもできるけれど、理路整然と、賢明に、十分な能力をもって話すとなると、できる人は限られてくる。

――第三巻第8章「話し合いの方法について」

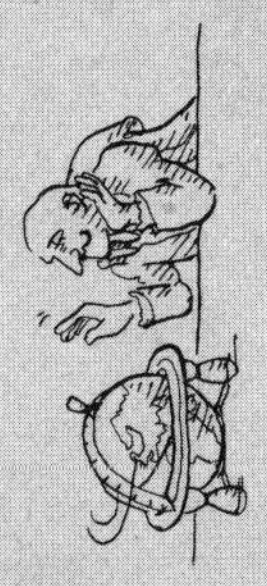

Le sauvage et le civilisé

7
野蛮と文明

法律について

□ 慣習や法律ほど、世の中の考え方がさまざまなものはない。ここでは忌まわしいとされることが、別の場所では推奨される。

——第二巻第12章「レーモン・スボンの弁護」

□ わが国の立法家たちは、十万もの事例を選び、それに十万もの法律をあてはめた。けれども、それでなんの得をしたというのか。無限に多様な人間の行為の前では、その程度の数では比較にもならない。いくらたくさん法律を考え出しても、多種多様な事例に追いつくはずがないのだ。われわれの行為とは、絶えず変転するものであって、固定して動くことのない法律とは、ほとんど噛み合うはずがないのだ。もっとも望ましい法律とは、なるべく数が少なくて、単純で、普遍的なものである。いや、われわれみたいに山ほどの法律を持つくらいならば、むしろ法律なんか全然ないほうが、まだましかもしれない。

——第三巻第13章「経験について」

□ 法律が信用を維持しているのは、それが正しいからではなく、ひたすら法律であることによる。これこそ法律という権威の不思議な根拠なのであって、ほかにはなんの根拠もない。しかも、このことが法律にも有利に働いている。そもそも、法律というものは、愚者の手で作られることが多い。ほとんどの場合、平等を憎むがゆえに、公正を欠き、そのくせ優柔不断であって、無能な人間によって作られるのだ。

——第三巻第13章「経験について」

□ いったん受容された法律は、それがいかなるものであっても、それを変えるとなると、そうして変更したときの弊害にくらべて、どれほど明らかなメリットがあるのかは疑わしい。なぜなら、ひとつの国家というのは、さまざまな部分をつなぎあわせた建築物のようなもので、そのひとつをぐらつかせると、かならず建物全体がぐらぐら揺れてしまうからである。

——第一巻第22章「習慣について。容認されている法律を容易に変えないことについて」

Des coutumes

習慣について

□ 習慣は第二の自然であって、自然に劣らず強力なものである。わたしは、わが習慣に欠けているものは、わたしに欠けているものなのだと考えている。したがって、わたしがこれほど長期間にわたって暮らしてきたところの生活状況を、大幅に縮小され削られるくらいなら、命を奪われてもいいぐらいに思っている。

——第三巻第10章「自分の意志を節約することについて」

□ あるフランスの貴族は、いつも手鼻をかんでいた。これはわれわれの習慣に大いに反することなのだが、彼は、次のように自己弁護していた。「鼻汁を受け取るのに、わざわざ上等の布を用意し、おまけに、これをていねいに包んで、わが身にしまいこむなど、いったいこの汚い排泄物になんの特権があるというのです。われわれは、ほかの排泄物は、どこへでも流してしまうけれど、それよりもよほど胸がむかつくことだと思いませんか?」と。わたしには、彼がまったく理屈に合わないことをしゃべっているとは思えなかった。むしろ習慣が、このことの異常さを認識する力を、わたしから奪っていたので

ある。でも、これだって、別の国のこととして語られたならば、胸くその悪い話だなんて思ったにきまっている。

——第一巻第22章「習慣について。容認されている法律を容易に変えないことについて」

□ われわれは習慣に反して起こることを、自然に反することだと称する。しかし、なんであれ、自然に従わないものなどないのだ。

——第二巻第30章「ある奇形児について」

Du voyage
旅について

□ 旅をすることは、わたしからすると、有益な訓練・実践に思われる。精神は、旅をしながら、未知のものや、新奇なものに注目することによって、絶えざる実習をすることになるのだ。人生なるものを教えこむには、たえず本人に、色々な人生や、考え方や、習慣の多様性を示してやって、われわれ人間の性質が、果てしなく多彩な形態を有するものだということを、じっくりと味わ

わせるのが、わたしの知るかぎりでの最高の学校だと思っている。

——第三巻第9章「空しさについて」

□ わたしは、わがフランス人たちが、自分たちとは相反する習慣に対して警戒心を抱くという気質を自負している姿を見ると、恥ずかしくなる。彼らは村から一歩出るだけで、身の置きどころがなくなるのだ。そして、どこに行っても、自分たちの習慣にこだわって、異国の習慣を忌みきらう。たとえば、ハンガリーで同国人と遭遇すれば、この予期せぬ出来事に大喜びして、たちまち仲間となってつるんで、自分たちが見ている野蛮な風俗習慣を、どれもこれも槍玉にあげる。それらはフランス式ではないのだから、野蛮に決まっているというわけだ。もっとも、それらをしっかりと識別して、悪口をいうのは、まだ賢い連中だ。ほとんどの連中は、ただ行って帰ってくるだけなのだから。彼らは無口で、打ち解けることのない慎重さでもって、ぴったりと身を包んで、見知らぬ土地の空気に感染しないように用心しながら、旅をするのである。

——第三巻第9章「空しさについて」

□ わたしは、ほとんどの場合、物見遊山の旅だからして、右に行くのがまずいなら、左の道を選ぶ。どうも、馬に乗るには体調がいまひとつと思えば、そこで止まる。なにか見残したものがあれば、もちろん、わたしはそこに引き返す。これがいつものわが道中にほかならない。直線であれ、曲線であれ、確かな線はいっさい引かないのが、わたしの流儀なのだ。目的地に行っても、ひとから教えられたものが見つからなかったら、どうするのか？　他人の判断が、わたしの判断と一致しないことはよくあるし、他人の判断がまちがいだとわかることはもっと多い。だから、骨折り損だと悔やんだりはしない。人がいっていたものが、実際はそこにないことを学んだのだから、それでいいのである。

——第三巻第9章「空しさについて」

□ わたしにはよくわかっている——旅の喜びというのは、それを端的にいうならば、まさに自分が、落ち着かず、定まらない状況の証人になれることにあるのだと。もっともそれは、われわれ人間を支配するところの、主たる特質なのでもある。そう、そうなのである。だからわたしは、正直にいっておき

たい——わたしの場合、夢や希望のなかにさえ、自分がつかまっていられるようなものはなにひとつ見つからないのだと。わたしを満足させてくれるものといえば、変化に富むことと、多様性を楽しむことぐらいである。旅をしていても、「自分はどこで中止しても、いっこうに差しつかえない。その場所から引き返したって、なんの問題もないのだから」という安心感がいつもある。

——第三巻第9章「空しさについて」

De l'État

国家について

□ われわれの肉体は病気など、さまざまな状態を呈するが、これは国家や統治のうちにも見られる。王国や共和国は、われわれと同じように、生まれて、花を咲かせ、年老いてしぼんでいくのだ。

——第二巻第23章「よい目的のために、悪い手段を使うこと」

□ いかなる統治においても、無意味な儀礼とか、虚偽の考え方といったものが、

幾分かは混じっていて、それが民衆に義務を遵守させるための手綱の役目をはたしている。

――第二巻第16章「栄光について」

□　いかなる統治体制にも、単に卑賤であるばかりか、悪徳な職務が必要とされる。それらの悪徳は、そこにしかるべき場所を見出して、われわれ人間社会における縫い目として活用される――あたかも毒が、人間の健康の維持に使われるように。

――第三巻第一章「役立つことと正しいことについて」

□　政治システムの不完全さを非難するのは、たやすいことだ。なぜならば、人間のすることなど、すべて不完全で満ちているのだから。昔から遵守されてきたことに対する軽蔑心を、国民に抱かせるのもまた、いとも簡単なことであって、こうしてやろうと試みて、失敗した人間などいやしない。ところが、こうやって破壊したものに代わって、よりよい状態を再建するとなると、これを企てた者の多くが、結局は頓挫してしまったというのが現実なのである。

――第二巻第17章「うぬぼれについて」

De la réforme

改革について

□ 革新ほど、国家を苦しめるものはない。変化だけでも、不正や専制に形を与えてしまう。どこか一部分が外れてしまっても、つっかい棒をすることは可能である。けれども、これほど巨大なかたまりを鋳造し直して、これほど巨大な建造物の土台を交換するようなことに手を付けるのは、汚れを落とそうとして、壁画などを全部消してしまう人々、個別の欠点を直そうとして、全体の混乱を招いてしまう人々、病気を治そうとして、病人を殺してしまう人々、《ものごとを改革するよりも、破壊したがる人々》〔キケロ『義務について』二の一の三〕がすることなのである。

——第三巻第9章「空しさについて」

□ 外科医の目的は、患部を死なせることではない。目的はその先にあって、患部であったところに自然の肉を再生させて、その個所を正常な状態に戻すことにある。自分を苦しめるものを取り除こうと決めただけでは、だれも目的を達することはできない。なぜならば、悪のあとに、かならず善が来るとはかぎらないのだから。別の悪が、それも、もっとひどい悪がやって来るかも

しれないではないか。わが同時代のフランス人たちは、このことを語るのにまさにふさわしい。大きな変動というのは、どれも国家を揺るがせ、無秩序におとしいれるのである。

——第三巻第9章「空しさについて」

□ 各国の人々にとって、もっとも優れた最高の政体というのは、それに基づいて国家が持続してきた政体にほかならない。その本質をなすところの形態や長所は、慣習に依存している。われわれは、とかく現状に不満をいだきがちである。けれども、民主制のうちにあって寡頭制を希求したり、君主制のなかで、これとは別の政体を望むのは、まちがっているし、とてもおかしいと思う。

——第三巻第9章「空しさについて」

Des gouvernants
為政者について

□ 人間は良き時代をなつかしむことはできるが、今を逃れることはできない。他の統治者を願うことはできるとはいっても、現在の統治者に従わねばならな

い。それに、良い統治者よりも、悪い統治者に従うほうが、ひょっとするとより報われるのかもしれない。

——第三巻第9章「空しさについて」

□ 人間の判断力の弱さや、新たな、疑わしいものごとを選別することのむずかしさから推して、わたしはこんなふうに考えている。すなわち、人を導くよりも、人に従うほうが、はるかに楽で快適であって、人につけられた道をたどり、自分にだけ責任を負えばいいというのは、大いに心安らぐことではないのかと。

——第一巻第42章「われわれのあいだの個人差について」

□ 管見によれば、世界でもっとも困難にしてきつい仕事は、王としてのつとめをりっぱに果たすことである。彼らがおそろしく重い責務を負っていることを思うと、わたしなどはただただ呆然とするだけだが、そのためもあって、彼らの過失について、わたしは世間の人々よりも大目に見ている。これほどとてつもない権力にとって、節度を保つのはむずかしい。

——第三巻第7章「高貴な身分の不便さについて」

□ 人間のあらゆる身分のなかでも、国王ほど、真実の、遠慮会釈のない忠告を必要とする身分はない。国王は、公人としての生活を強いられるし、自分を見ている多くの人々の意に添うようにする必要がある。けれども、まわりの者は、為政者を本道から遠ざけるようなことは、とにかく黙っているのが常だから、気づかないうちに、いくつかの原因が働いて、国王もいつのまにか国民の憎しみや嫌悪にまきこまれてしまう。ところが、そうした原因というものは、たいていの場合、早い時期に忠告して、改めておくならば、国王のきげんをそこねることなしに、避けられたはずなのだ。

――第三巻第13章「経験について」

□ 国王のことで、わたしが呆気にとられるのは、国王を崇拝・賛美する人間がやたらと多いことだ。もちろん、国王たちには、お辞儀と服従とを捧げる義務があるわけだけれど、その判断力に対しては話が別だ。折り曲げて、かがめるように訓練されているのは、わが膝なのであって、わが理性ではない。

――第三巻第8章「話し合いの方法について」

刑罰について

De la peine

□ ある人を罰して他の人々への見せしめとする、これがわれわれの司法のやり方である。もっとも、過ちをおかしたからといって処罰するというのは、プラトンもいうように、ばかげていると思われる。というのも、一度してしまったことは、元に戻せないからである。――第三巻第8章「話し合いの方法について」

□ わたしの場合は、それが裁判によるものであっても、単なる死刑を越えたものは、いずれも、ただの残酷さにすぎないと思っている。とりわけ、われわれキリスト教徒は、死者の霊魂をよい状態で送り出してやることに心を砕く義務があろうから、このことがいえる。霊魂を、耐えがたい責め苦によって、揺り動かし、絶望させてから、そのようにしようとしても、それは無理な話というしかない。

――第二巻第11章「残酷さについて」

□ 拷問というのは、危険な発明であって、真実を試すというより、むしろ、忍耐を試すものであるかに思われる。これに耐えられる者は、真実を隠すわけ

だし、耐えられない者だって、同じことだ。なぜならば、苦痛は、本当のことをいわせるよりも、ありもしないことを無理やりいわせてしまうではないか。また、これとは反対に、罪を犯してもいないのに告発された人間が、こうした拷問に持ちこたえられるとすれば、罪を犯した人間だって、命を助けてやるというごほうびがぶらさがっているのだから、拷問に耐えられないわけがないではないか。

――第二巻第5章「良心について」

□ わたしはだれも憎んだりしない。というか、人を傷つけることに対して、まるで度胸がなくて、道理を守るためであっても、そうすることができないのだ。したがって、罪人に有罪判決を言い渡さなくてはいけない場合に、わたしはむしろ裁きを守らなかった。通常の裁判では、その犯行に対する恐れから、報復の感情がつのるけれど、このことが逆に、わたしの判断を冷静なものとする。第一の殺人が恐ろしいから、わたしは第二の殺人〔「死刑判決」のことであろう〕がこわくなる。第一の残酷さをおぞましく思えば、それを模倣した残酷な行為は、わたしにはどれもおぞましさでしかない。

——第三巻第12章「容貌について」

□ それにしても、このわたしは、犯罪よりもはるかに罪深い刑罰をどれほどたくさん見てきたことか。

——第三巻第13章「経験について

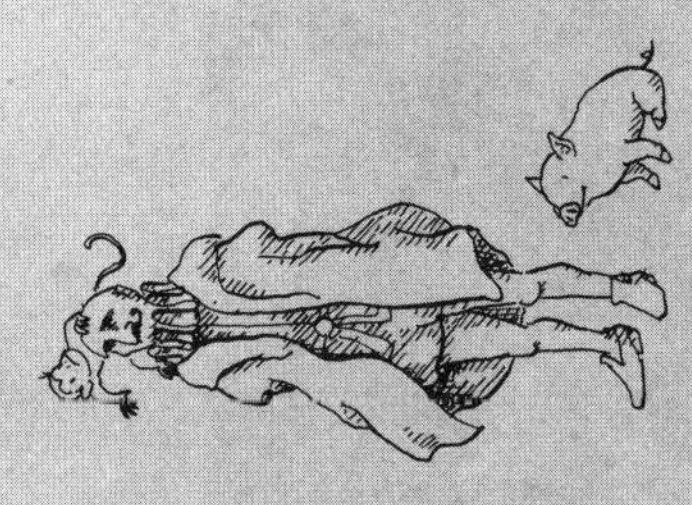

l'homme et les animaux

8
人間と動物

De la diversité des hommes

人間の多様性について

□ まったくもって、人間とは、おどろくほど空しく、変わりやすく、うつろいやすい存在である。人間に対して、確固とした、一律の判断を立てるのはむずかしい。

——第一巻第一章「人は異なる手段で、同じような目的に到達する」

□ われわれのふつうの仕方というのは、その好みのままに、左へ、右へ、上に、下にと、その時々の風に吹かれるままに、あちこちの方角に運ばれていくことだ。自分がなにをほしいのかは、その瞬間になって、はじめて思いつくのであり、置かれた場所に応じて色が変わる、あの動物みたいに、われわれは次々と変化していく。いましがた持ち出してきたことを、ころっと変えてしまう。それからまた、すぐ後で、きた道を戻ったりする。そこには、動揺と移ろいやすさしかない。——第二巻第一章「われわれの行為の移ろいやすさについて」

□ われわれはだれでも、数多くの断片からできていて、それら全体の形も定まらず、多様なものをなすような構造となっているために、各断片も、瞬間瞬

間で、勝手に動いている。したがって、われわれと、われわれ自身とのあいだには、われわれと他者とのあいだにも等しい差異が見いだされるのだ。

——第二巻第一章「われわれの行為の移ろいやすさについて」

De l'orgueil des hommes

人間の思い上がりについて

□ 古典古代の人々が人間存在全般に関して抱いたさまざまな考え方のうちでも、わたしの場合は総じて、われわれ人間を軽蔑し、卑しい存在として、無価値に扱った思想を、好んで奉じたくなるし、もっとも愛着を感じる。公共のことについても、個人のことについても、もっとも間違った考え方の生みの親がなにかといえば、それは、人間の思い上がりであろう。

——第二巻第17章「うぬぼれについて」

□ われわれのだれひとりとして、自分はただ一個の人間にすぎないとは思っていない。

——第二巻第13章「他人の死について判断すること」

□ 思い上がりとは、人間が生まれつき持っている病気のようなものだ。あらゆる被造物のうちで、もっとも悲惨で、脆いだけではなく、もっとも傲慢なのが人間なのである。

——第二巻第12章「レーモン・スボンの弁護」

□ われわれにもっともよく似ている動物とは、動物全体のなかでもっとも醜くて、もっとも卑しい動物である。なぜならば、外見と顔の形からして、それはサルではないか。そして、内部の生命をつかさどる部分からいうならば、ブタではないか。全裸の人間を想像して、その欠点、生まれつきの制約、不完全さを考えてみるならば、われわれ人間が他の動物にもまして、肉体を覆う必要があったのも無理のないことだと思うのだ。われわれよりも恵まれている動物たちから借りてきて、彼らの美でもってその身を飾って、羊毛、羽毛、毛皮、絹など、そうした動物たちの衣で、自分の身体を隠したのは仕方がないことだったのである。

——第二巻第12章「レーモン・スボンの弁護」

□ 人間が思想や空想によってみずからに付与している優越性などには、形もな

ければ味もない。それに、あらゆる動物のうちで人間だけが、自由な想像力と不羈奔放（ふきほんぽう）なる思考力を有し、あることないことを、欲することを、虚偽も真実も思い描いているというのが本当だとすると、これは非常に高くつく利点というしかなくて、少しも自慢にはならない。というのも、罪悪、病気、優柔不断、不平不満、絶望といった、人間を責め立てる不幸の根源は、ここから生じるのだから。

——第二巻第12章「レーモン・スボンの弁護」

□ いくら賢くありたいと思っていても、しょせんは人間にすぎないのだ。これほどに弱く、みじめで、むなしい存在があろうか。英知の力で、われわれの自然の状態を支配できるものではない。——第二巻第2章「酔っぱらうことについて」

□ われを忘れたい、人間であることから逃げ出したいと願っている人々がいる。でも、そんなことはもってのほかだ。天使に変身しようとしても、けものに変身してしまう——高く舞い上がるかわりに、どさっと倒れこむのが落ちなのである。

——第三巻第13章「経験について」

動物たちの優越性について

□ 動物たちは、われわれ人間よりもはるかに自然の秩序にしたがっているし、自然が命じた限界のなかで、はるかに節度正しくふるまっている。

——第二巻第12章「レーモン・スボンの弁護」

□ 動物のなかで、われわれ人間だけが、むきだしの大地にはだかのまま放り出され、そこに縛りつけられて、拘束されている——他の動物の皮以外には、身をおおって守るものもなしに。いっぽう、人間以外の動物ときたら、その必要に応じて、貝殻、莢(さや)、樹皮、毛皮、ふさふさの毛、とげ、革、綿毛、羽毛、うろこ、羊毛、剛毛などを自然から着せてもらっている。相手を攻撃し、また身を守るために、爪、歯、角を与えられている。泳ぐ、走る、飛ぶ、歌うなど、独自の技術を教えこまれている。ところが人間は、学習しないかぎり、泣くことは別として、歩くことも、話すことも、食べることもできないのだ。

——第二巻第12章「レーモン・スボンの弁護」

□ われわれの英知なるものも、人生でもっとも重要にして、必要不可欠なことがらに関して、いちばん役に立つ教えを、よりによって動物たちから学ばないといけないのだから、まったくけっこうなことだ。たとえば、いかに生きて、いかに死ぬのか、いかに財産を管理し、子供たちを愛情を込めて育て、いかに正義を守るのかといったことを、わざわざ教わらなければいけないのである。これこそは、人間が病んでいることのすぐれた証拠ではないか。

——第三巻第12章「容貌について」

□ ディオゲネスは親族の者たちが、奴隷の身分となった彼を買い受けようとすると、「彼らは愚かだ。わたしを遇して、食わせている者こそ、わたしに仕えているのだから」といった。動物を飼っている人たちも、彼らから仕えられているのではなく、むしろ彼らに仕えているのだと思い知るべきである。

——第二巻第12章「レーモン・スボンの弁護」

□ わたしが猫とじゃれているときだって、ひょっとしたら、むしろわたしより

も、猫のほうがわたしを相手に暇をつぶしているのかもしれない。

——第二巻第12章「レーモン・スボンの弁護」

De la communication des animaux

動物たちの意思疎通について

□ われわれは、動物と人間の同等性に注意する必要がある。われわれは彼らの意味するところを、そこそこに理解できるのだし、彼らもまた、大体同じくらい理解できるのだ。彼らはわれわれ人間にへつらったり、われわれを脅かしたり、なにかを要求したりするけれど、こちらも、彼らに同じことをしている。われわれは、動物どうしに完全に満ち足りた意思疎通が存在し、しかも同じ種類のあいだだけではなく、異なる種類のあいだでも相互理解が成立していることを見ているではないか。——第二巻第12章「レーモン・スボンの弁護」

□ 馬は、犬が特定の声で吠えるのを聞けば、怒っているなとわかる。だから、それとは別の声で吠えるのを聞いても、おびえたりしない。発話能力のない動

物でも、彼らがおたがいに世話をしている光景が見受けられることから、なにか別のコミュニケーションの手段があると、たやすく判断できる。彼らの動作そのものが、理屈やかけひきになっているのだ。

——第二巻第12章「レーモン・スボンの弁護」

□ どうやらラクタンティウスは、動物には話すだけではなく笑う能力もあると考えていたらしい。人間の場合、住む土地がちがえば、言語も異なる現象が見られるけれど、こうした差異は同じ種類の動物のあいだでも観察される。この点に関して、アリストテレスは、ヤマウズラの鳴き声が生息地の状態によって変わることを挙げている。

——第二巻第12章「レーモン・スボンの弁護」

動物たちの知能について

De l'intelligence des animaux

□ トラキアの人々が、凍結した川を渡るときに、自分たちに先立って放すというキツネを例にとろう。するとキツネは岸辺から氷に耳をぐっと近づけて、下

を流れる水の音が遠くから聞こえるのか、近くから聞こえるのかをたしかめ、これによって、氷が厚いのか薄いのかを判断して、前に進んだり、うしろに退いたりする姿が見られるはずだ。このことから、キツネの頭のなかでも、われわれと同じ推理がおこなわれていると判断するのはまちがっているのだろうか？「音を立てるものは動いている。動いているものは凍ってはいない。凍っていないものは液体である。液体は重さによってたわむ」という推理と結論を、生得の知恵（サンス）によって引き出したのではないだろうか？これを、推論も結論もなしの、鋭い聴覚のたまものとだけしてしまうのは、勝手な思いこみであって、とても考えられないことである。

——第二巻第12章「レーモン・スボンの弁護」

□ カンディアのヤギは矢が命中すると、無数の草のなかからハナハッカを探し出して、傷を癒そうとする。カメはマムシを食べると、すぐ解毒用のオレガノを探しにかかる。ドラゴンはウイキョウで目を磨いて輝かせ、コウノトリは海水を使って、自分で浣腸をする。ゾウは自分や仲間の体だけではなくて、

ご主人さまの体からも――アレクサンドロス大王に負けたポロス王〔インドの王〕のゾウが好例だ――、戦闘で刺さった投げ槍を抜き取る。それも、われわれにはとうていできないほど、痛みなしに抜いてくれる。このような実例に接するとき、これも学問であり実践的知識なのだと、どうしていわないのだろうか？

――第二巻第12章「レーモン・スボンの弁護」

□小賢しさに関しては、哲学者タレスのラバなどはきわめて確かな実例といえよう。このラバは塩を積んで川を渡るときに、たまたまつまずいてしまい、背中にしょっていた塩の袋をどれも水浸しにしてしまった。ところが、けがの功名で塩が溶けたために、荷物がぐんと軽くなったのに気づいたのである。そこでそれ以後、川にぶつかると必ず荷物を背中に積んだままざぶんと飛び込んだという。しかしながら、この悪だくみを見破った主人が、毛糸の袋を背負わせたので、まったく割に合わなくなってしまい、この作戦を用いることをやめたという。

――第二巻第12章「レーモン・スボンの弁護」

動物たちの善良さについて

De la bonté des animaux

□　忠実さについては、この世に人間と比肩するほど裏切り者の動物などいない。歴史の本をひもとくと、殺された主人の仕返しのために必死になる犬たちの話がある。ピュロス王が、死んだ主人の番をしている犬と出会ったが、三日間もこうして義務を果たしているという話を聞いて、遺体を埋葬させたのちに、この忠犬を連れ帰ったという。そしてある日、軍隊の大観兵式に出ていたこの忠犬は、主人をあやめた者どもを見つけて、ワンワンと大声で吠えると、痛憤をこめて飛びかかっていったという。これが最初の糸口となって、主人殺しへの復讐が開始され、やがて裁判によりそれが成就されたのだ。

——第二巻第12章「レーモン・スボンの弁護」

□　友情については、動物の場合、人間とは比較にならないほどに、強烈かつ変わることのない友情を保持している。リュシマコス王の愛犬ヒルカヌスは、主人が死去すると、そのベッドの上にじっとしたままで、飲み食いはいっさい受け付けなかった。そして主人の遺体を焼いた日に、急に駆け出すと、火中

に身を投じて、焼け死んだのである。ピュロス〔エペイロスの王〕という人の犬も同じで、主人の死後、そのベッドから動かず、遺体といっしょに運ばれて行き、最後は、主人のなきがらを焼いている薪の山に身を投げたという。

——第二巻第12章「レーモン・スボンの弁護」

□ 寛容については、あるトラの話が伝えられている。トラは百獣のうちでもっとも残忍だとされているが、このトラはヤギの子供を与えられても、これを攻撃しようとはせず、二日間空腹を我慢した。そして三日目に閉じこめられていた檻を破り、別の餌を探しに出かけたのだ。顔なじみの客人である子ヤギに手をかける気になれなかったのである。

——第二巻第12章「レーモン・スボンの弁護」

De la protection des animaux

動物愛護について

□ われわれは、人間に対しては、公正さという義務を負っている。また、それ以外の被造物に対しては、もしも彼らが受けとれるのならば、恩恵と慈悲という義務を負っている。彼らとわれわれのあいだにも、しかるべき交渉があり、しかるべき相互の義務が存在するのだ。——第二巻第一一章「残酷さについて」

□ わたしが動物たちに抱いているような共感の念が、軽蔑されるようなことのないようにと、神学も、われわれ人間に対して、動物にいくらかの好意を持つべきことを命じている。神という同じひとりの主人が、われわれをこの宮殿に住まわせて、彼に仕えるようにしていることや、動物たちも、われわれ人間と同じく、彼の家族の一員であることを考えると、神学が、われわれに、動物に対してなにがしかの尊敬と愛情とを抱くべきことを命じているのは、当然のことといえる。

——第二巻第一一章「残酷さについて」

□ トルコ人などは、動物たちのために施し物をしているし、動物の病院もあ

る。ローマ人は、ガチョウが警戒してくれたおかげで、カンピドリオの丘が救われたために、ガチョウを公費で養っていた。アテナイ人は、ヘカトンペドンと呼ばれる神殿を建てるのに貢献した雌雄のラバを自由にして、どこでも邪魔せずに草を食わせてやれという命令を出した。アグリゲントゥム〔シチリア島南部のアグリジェントの古名〕の人々は、なしかしら稀少な長所のある馬とか、役に立ってくれた犬や鳥、あるいは、子供たちの遊び相手になってくれたペットなど、大事にしてきた動物たちを、手厚く葬ってやるという共通の習慣を有していた。

――第二巻第一一章「残酷さについて」

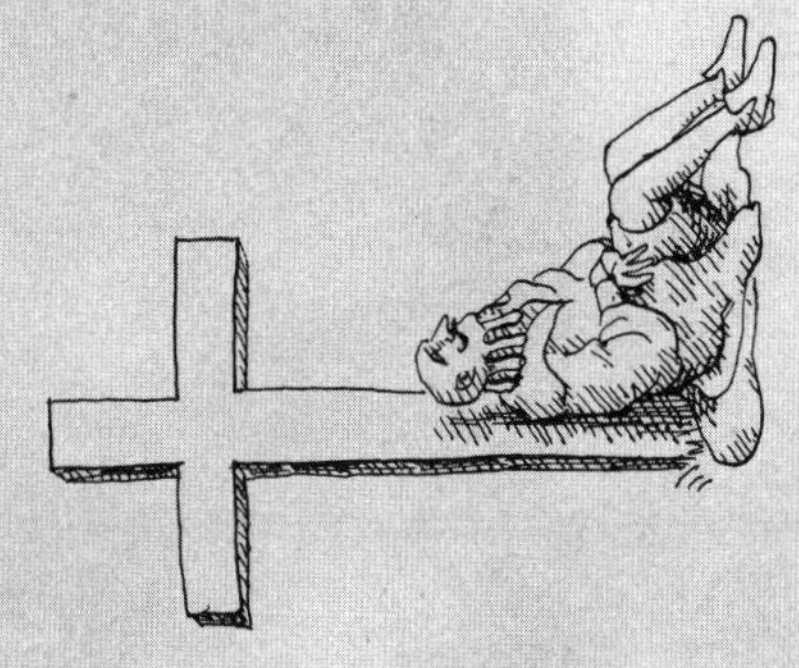

Dieu et la religion

9
神と宗教

De Dieu

神について

□ われわれは、自分たちにたいしてより、神に多くの愛を捧げる義務があるのに、神のことはあまり知らない。そのくせ、神について思う存分に話している。

――第三巻第8章「話し合いの方法について」

□ われわれは、つまらない存在にすぎない。われわれの能力でもって、神の崇高さを思い描くなどはとんでもない話であって、創造者たる神のお仕事のうちで、もっともその特徴をそなえ、もっとも神に近いのは、われわれがもっとも理解できないところのものなのだ。

――第二巻第12章「レーモン・スボンの弁護」

□ もっとも知られていないものこそが、神々の列に加えられるのにはもっとも適している。したがって、昔の人々がしたように、われわれ人間を神にするというのは、人間の知性の愚かさかげんを如実に物語っている。わたしならば、いっそうのこと、ヘビや、犬や、牛を崇拝した人々に付き従ったかもし

れない。なぜならば、そうした動物の本性や生きざまはあまり知られてはいないのだから、彼らについて、自分で好きなことを想像して、途方もない能力をあてがう余地が大きいのだから。――第二巻第12章「レーモン・スボンの弁護」

□ 人間は、しょせんは人間にすぎず、自分の能力の及ぶ範囲でしか思考することはできない。プルタルコスは、人間でしかない者が、神々や半神のことを話したり、論議したりするのは、音楽のことを知らない者が、歌い手たちを判断したり、戦場に一度も出たことのない人間が、自分が知りもしない戦術を、おぼろげな推測をまじえながら知ったかぶって、武器や戦争を論じようとすることよりも、さらにひどい思い上がりだと述べている。

――第二巻第12章「レーモン・スボンの弁護」

□ それにしても人間とは、常軌を逸した存在というしかない。ダニ一匹作れないくせに、神々を何ダースも作るのだから。

――第二巻第12章「レーモン・スボンの弁護」

宗教について

De la religion

□ われわれは、その宗教が通用している国に、たまたま居合わせて、その歴史の古さやそれを守ってきた人々の権威を尊重しているにすぎないし、不信心者への脅迫を恐れたり、あるいは、その宗教が掲げる約束に従っているにすぎない。別の地域に生まれ、別の証拠を示されて、似たような約束と脅迫とを突きつけられたなら、同様の筋道をたどって、正反対の信仰を心に刻みこむかもしれない。われわれがキリスト教徒であるのは、われわれがペリゴール人〔南仏ペリゴール地方は、モンテーニュの故郷〕とかドイツ人であるのと同じなのである。

――第二巻第12章「レーモン・スボンの弁護」

□ キリスト教徒にとっては、信じがたいものと出会うことが、信仰への契機なのである。それは、人間の理性に反しているだけに、余計、理性にかなっていることになる。もしも、それが人間の理性にかなうとすれば、もはや奇跡ではあるまいし、もしも、なにかの実例に合致しているならば、もはや特異なことがらとはいえまい。

――第二巻第12章「レーモン・スボンの弁護」

□ 宗教に関する、古今の人間の考え方のうちでは、次のものがもっとも真実味があるし、理屈が通っているように思う。すなわち、神を、理解することの不可能な力にして、すべてのもの、すべての善性、すべての完全さの起源にして維持者であり、人間が捧げる栄誉や尊崇ならば、それがいかなる姿であれ、いかなる名前であれ、いかなる方法であれ、これを善意に受け取ってくださる存在だとして認識しようという考え方である。

——第二巻第12章「レーモン・スボンの弁護」

De la prière

祈りについて

□ いましがた、わたしは次のようなことを考えていた。どのような計画や試みをするときでも、われわれが神さまに頼るというあやまちは、いったい、なにに由来するのか？　とにかく必要とあらば、自分の無力さが助けを求めている理由はなんであっても、その時機が正しいのか、間違っているのかなどは考えもしないで、神にすがってしまうのは、なぜなのか？　しかも、自分

が、どのような状態で、どのような行動をしていても、おまけに、その行動が正しからざるものであっても、神の名を呼んで、そのご加護を得ようとするという、あやまちは、どこから来るのかと。——第一巻第56章「祈りについて」

□ 神の正義と力とは、切り離すことは不可能だ。悪しき動機で、神にすがっても、むだなのである。せめて、神に祈るときには、純粋な心をもち、邪悪な情念は取りのぞいておく必要がある。さもないと、自分を罰するための鞭を、わざわざ自分から神に差しだすことになってしまう。

——第一巻第56章「祈りについて」

□ われわれは、習慣や惰性で祈っているというか、正確にいうならば、お祈りの一節を読んだり、口に出したりしている。要するに、これは体裁にすぎないのだ。それ以外の時間はすべて、心のなかは、憎しみ、強欲さ、不正でいっぱいなくせに、食前や食後だけは、三度も十字を切りながら、感謝の祈りを捧げている人間を見ると、うんざりしてくる。——第一巻第56章「祈りについて」

□スパルタ人は、公私を問わず、祈りを捧げるときには、「善にして美なるものを与えたまえ」と祈願するだけで、そのものの選別、選択は、〈至高の支配力〉の裁量に委ねていた。キリスト教徒も、「御心（みこころ）がなされんことを」と神にお願いする――詩人たちが物語った、かのミダス王のような不幸におちいらないためだ。ミダス王は、「自分が手で触れるものは、すべて黄金に変わるように」と、神々に祈ったところ、その願いがかなったものの、酒も、パンも、ベッドの羽毛も、下着も上着も、すべて黄金になってしまった。かくして王は、かなえた欲望を享楽することにおしつぶされ、与えられた幸福が耐えがたく、祈りを取り下げるしかなかった。

――第二巻第12章「レーモン・スボンの弁護」

Du fanatisme

狂信について

□われわれの宗教的熱意は、われわれの憎しみ、残酷さ、野心、貪欲さ、誹謗中傷、反逆への傾向を助長するのに、驚くべき力を発揮する。これとは逆に、

親切、寛大、節度への傾向を助けるとなると、まるで奇跡のように、なにかの希有な気質でも備わっていないかぎり、歩きもしなければ、飛びもしない。われわれの宗教は、悪徳を根絶やしにするために作られたのに、それを隠し、助長し、そそのかしているのだ。

——第二巻第12章「レーモン・スボンの弁護」

□ 自分の意見を買いかぶって、「良心や信仰を確立するには、やはり国家の平和をくつがえすことが必要であって、内戦も起こり、多くの害悪や、風紀・品行のひどい退廃をどうしても招かざるをえず、それが自国に入りこむのは仕方がないのです」などというのは、うぬぼれもはなはだしく、傲慢だと思う。異議をさしはさまれたとはいっても、まだ議論の余地もある、あやまちの数々を打倒しようとして、確実で、十分にわかっている悪徳を、あれこれと押し進めるなどは、へたな采配ではないだろうか？

——第一巻第22章「習慣について。容認されている法律を容易に変えないことについて」

□ 無神論とは自然に反した、奇っ怪な説であって、どれほど不遜で変調をきた

した人間の精神にも、根付かせるのがむずかしく、難儀するものなのだ。もっとも、世の中を改革するという非凡な意見を抱くという虚栄心、自尊心にくすぐられて、無神論を奉じているふりをしている人々も見受けられた。彼らは、かなり狂ってはいるものの、無神論を良心のなかに植え付けてしまうほど、狂っていたわけではないのだから、その胸元に剣をぐさりと突き立ててやったならば、天に向かって手を合わせるにちがいないのだし、恐怖や病気が降りかかって、この放縦にして移り気な熱狂が打ちのめされた暁(あかつき)には、自分を取り戻して、世の中の信仰や実例にこっそりと操られるがままになるのが落ちなのである。

——第二巻第12章「レーモン・スボンの弁護」

De la guerre des religions

宗教戦争について

□ 現在、わが国を苦しめている戦争〔宗教戦争のこと〕において、さまざまなできごとが、ごくありきたりに、なんの変哲もなく揺れ動いて、推移しているのを見るにつけ、不思議な気持ちがする。それはわれわれが、このたびの戦争に、

われわれのものだけしか持ちこんでいないからだ。片方の党派に正義があるといっても、それは飾りものの口実にすぎない。そこでは正義が引き合いに出されてはいても、それを受け入れて宿し、わがものとすることはない。その正義とは、弁護士の口先にあるようなものにすぎず、訴訟当事者の心情のなかにあるものとはいえない。神は、信仰や宗教に対しては、特別の助けを与える義務があるけれど、われわれの情念に対しては、そうした義務はない。このたびの戦争では、人間が導き手となって宗教を利用しているのだ。本来は、これと正反対でなければいけないのに。――第二巻第12章「レーモン・スボンの弁護」

□ われわれは宗教を、われわれの手で操作して、あれほどまっすぐで、断固とした戒律から、まるで蠟細工さながらに、たくさんの異なる形を作ってしまっていないかどうか、胸に手を当てて考えてみるがいい。現在のフランスほど、こうした動きが顕著な時代があっただろうか？ その左側をつかんだ者も、右側をつかんだ者も、それが黒だという者も、白だという者も、だれもが一様に宗教を、自分の激しい野心的なくわだてに使っているではないか。われわ

れが、どれほどまで恥知らずに、神についての理屈をもてあそんでいるか、しかと見るがいい。

——第二巻第12章「レーモン・スボンの弁護」

Du destin
運命について

□ 人間の英知などというものは、このように空しくて、はかないものにすぎない。われわれが、どれだけ計画を練り、あれこれと考えをめぐらし、予防線を張ったとしても、その結果は、いつでも運命（フォルチュヌ）が握っている。

——第一巻第23章「同じ意図から異なる結果になること」

□ 世の中の動きを見ていると、しばしば次のようなことに気づく。すなわち、なにごとにおいても自分が全能であることを、われわれに思い知らせるべく、運命がどうするかというと、さすがに無能力な人間を賢者にすることはできないので、おもしろがって、そうした人間を勇者と並ぶような果報者に仕立て上げて、人間の傲慢さをくじくのである。そして、完全に自分が仕組んだ筋

書きにそった行動に手を貸す。日々、われわれのなかでもっとも愚直な人間が、公私にわたって大切な仕事を達成していく姿が見られるのも、このような理由による。

——第三巻第８章「話し合いの方法について」

□ 世の中の大部分のことがらは、ひとりでに運ばれていくものなのだ。愚かな指導力も、結果によって正当化される。

——第三巻第８章「話し合いの方法について」

□ わたしの考えでは、運と不運という二つは至上の力である。人間の知恵で運命の役割を果たせると思うなど、浅はかというしかない。自分は原因と結果を掌握しているのだ、自己の営為をわが手で導いているのだと思い上がっている人間の試みは、空しいかぎりである。

——第三巻第８章「話し合いの方法について」

□ いかなる決定でも、それが力を発揮しうるかどうかは、そのタイミングにか

かっている——状況や中身のほうは、たえず変転するのだから。これまでの人生で何度か、手ひどい、大失敗をしでかしたけれど、それは、当を得た判断ができなかったからではなくて、潮時に恵まれなかったのである。われわれが取り扱うことがらには、秘められた、見抜くことのできない部分があるものだ。そうした部分を、わたしの知恵が見通せず、予知できなかったからといって、わたしは少しも不満には思わない。その責務にも限度があるのだ。結果がわたしをうち負かして、わたしがこばんだ決定に味方しても、それはそれで仕方ないのだから、自分を責めたりはしない。むしろ、責めるべきは自分の運であって、自分のいとなみではないのだ。

——第三巻第2章「後悔について」

予言について

De la divination

□　自分たちの予言をあれこれ検討したり、注釈を付けたりして、ことが起こると、典拠としてこれを持ち出してくる連中を、いろいろ見てきた。だが、あ

れもこれも述べられているのだから、当たりもすれば、はずれもするのは当然の話だ。たまに、ぴったり当たったといって、それだけでわたしが、彼らを尊敬するようなことなど全然ない。むしろ、いつでもうそをいうというルールでもあれば、彼らの予言には、より確実性があることになる。

——第一巻第11章「さまざまな予言について」

□ 乱世にあって、人々が自分の運命の浮き沈みに啞然として、しばしば、迷信にでもすがるようにして、自分の不幸の原因や悪しき前兆を、星空に探し求めようとするのを、わたしはしかと見てきた。そして現代においては、こうした占いが異常なほどにうまくいっている。わたしなどは、これは暇な人間のすることなのだから、あれやこれやをじょうずに包んだり、ほどいたりする技術にたけている人ならば、どのような書物のなかにだって、自分が求めるものを見つけだせるのではないのかと考えたのだった。おまけに、そうした予言は、なにやら曖昧漠とした、気まぐれな、わけのわからないことばで書かれているから、ますます都合がいい。後世の人々が自分の好きな読み方

ができるようにと、書き手は、そうした予言に対して、なんら明確な意味を付与していないのだから。

——第一巻第11章「さまざまな予言について」

□ 予言とは、神からの授かりものである。だから、これを誤って用いるのはペテンであって、罰せられてしかるべきことであろう。スキュタイ人のあいだでも、たまたま占い師がまちがった予言をしたりすると、手と足に鉄枷をはめて、茨をいっぱい敷きつめた荷車に寝かせて、これを牛に引かせ、そのまま火刑にした。人間の能力の働き方にかかっているようなことがらを扱う人間は、自分で全力をつくせば、それで許してもらえる。ところが、これらの連中の場合は、自分には、われわれの理解を越えた超能力がありますよと請け合った上で、こちらを騙すのであるから、約束がはたせなかったことと、その大胆不届きな欺瞞ゆえに、罰せられて当然とも思われる。

——第一巻第30章「人食い人種について」

超常現象について

□ 奇跡や、幻覚や、魔法など、こうした異常なできごとを信じる心情は、もっぱら想像力に由来するのであって、それが、主として、民衆のより柔軟な精神に働きかけるのだ。そうした信心のところでがっちりと捕まえてあるから、彼らは、見えないものも見たように思ってしまう。

——第一巻第20章「想像力について」

□ 奇跡というのは、こちらが自然について無知であることが原因なのであって、自然の本質によるわけではない。惰性は、判断力というわれわれの目を眠らせてしまうのだ。

——第一巻22章「習慣について。容認されている法律を容易に変えないことについて」

□ もっとも知られていないことにかぎって、堅く信じられているし、錬金術師、占い師、占星術師、手相占い師、医者などのように、いい加減な話をする連中ほど、自信たっぷりの者はいない。

——第一巻第31章「神の命令に口出しして判断するのは、慎重にしなくてはいけない」

□ 次のような話なら、耳にたこができるほど聞かされている。いわく、「ある日、三人が彼の姿を、東方で見た。その翌朝、三人は彼の姿を西方で見た。これこれの場所で、これこれの時間に、これこれの服装をしていた」と。まあ、わたしならば、たとえ自分で目撃しても、こんなことは信じないと思う。一人の人間が一二時間のうちに、まるで風のような速さでもって東方から西方へ移動したと考えるよりも、二人の人間が嘘をついていると考えるほうが、どれほど自然で、真実味があることだろう。悪霊がのりうつって、一人の生身の人間がほうきにまたがって、暖炉の煙突を通って、空まで飛んでいったなどと考えるよりも、むしろ、精神が変調をきたしたせいで、われわれの理性が本来の場所を離れ、どこかに運ばれていってしまったと考えるほうが、はるかに自然であろう。

——第三巻第11章「足の悪い人について」

□ どこか外側に、未知の幻影を探すのはやめよう。そうでなくても、われわれ

は、内側の、われわれ自身の幻影に絶えず心を乱されているのだから。少なくとも、自然な方法によって、神秘的な現象の超自然的な論証を回避できるかぎり、奇蹟を信じなくても許されるように思う。したがって、わたしは、「証明するのは困難で、信じることが危険なことがらに関しては、確信よりも、懐疑にかたむくほうがいい」と述べた、聖アウグスティヌスの考えに賛成したい。

——第三巻第一一章「足の悪い人について」

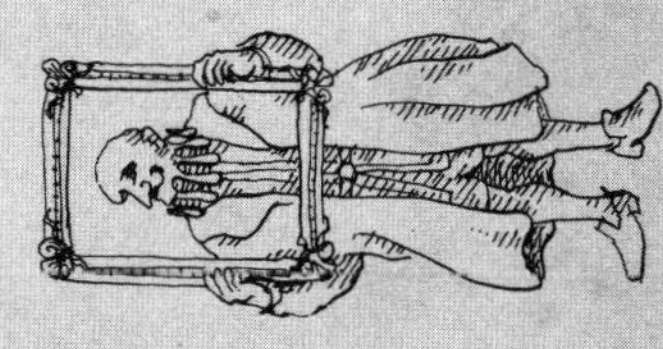

Le lecteur et l'œuvre

10
読者と作品

書物について

□ わずらわしい思いを遠ざけるには、とにかく書物に助けを求めればいい。たちまち書物のほうに注意を向けてくれて、わずらわしい思いを追い払ってくれる。それに、もっと現実的で、もっと生き生きした、自然な充足感が得られないときに、わたしは書物を探し求めるのだとわかっても、書物はいきり立つことなく、いつだってわたしを同じ表情で受け入れてくれる。

——第三巻第3章「三つの交際について」

□ 書物が自分のかたわらにあって、好きなときに楽しみを与えてくれるのだと考えたり、あるいは、書物がどれほどわが人生の救いになっているのかを認識したりすることで、どれほどわたしの心が安らぎ、落ち着くのか、とてもことばでは言い表せないほどだ。これこそは、わが人生という旅路で見出した、最高の備えにほかならない。だから、知性がありながら、書物を欠いている人が、大変に気の毒でならない。

——第三巻第3章「三つの交際について」

□ 読書は、さまざまな事柄によってわたしの思考力を覚醒させるのに、とりわけ役立ってくれる。それは、わたしの記憶力ではなくて、判断力を働かせるのに役立つのである。

——第三巻第3章「三つの交際について」

□ 鋭い読者は、しばしば他人の著作のなかに、その作者が書き入れたと自認するものとは別の長所を発見して、そこに、より豊かな意味や様相(ヴィザージュ)を読みとる。

——第一巻第23章「同じ意図から異なる結果になること」)

□ それにしても、印刷された証言にしか価値を認めず、書物のなかの人間のことしか信用せず、しかも、十分に年代を経たものでないと、事実とは認めないといった人々は、どうしようもない。そうした人々にとっては、「話に聞いたことがあります」というよりも、「読んだことがあります」というほうが、よほど重みがあるらしい。でもわたしは、人間の口を、人間の手ほど信じないというわけでもない。わたしには、人は話すときも、書くときも分別がないことがわかっているのだから。

——第三巻第13章「経験について」

□ 教養もない連中が、なにか作品を読んで、どこかみごとな一節を指摘して、読み巧者ぶりを示そうと考えたあげく、できの悪い部分を選んでほめそやしたせいで、作者のすばらしさを教えるどころか、おのれの無知さかげんを露呈するといった光景に、わたしも毎日のように接している。

——第三巻第8章「話し合いの方法について」

□ もっぱら書物にたよった知識力とは、なんとなさけない知識力であることか！わたしは、書物による知識が装飾となることを願ってはいますが、それを土台にとは思っていないのです。

——第一巻第25章「子供たちの教育について」

詩について

De la poésie

□ 詩とは、女性たちと同じく、浮気で、デリケートで、着飾って、とてもおしゃべりで、楽しいことずくめの、目立ちたがり屋の芸術である。

——第三巻第3章「三つの交際について」

□もしもムーサイたちから、恋愛の想像力を取り去ってしまったなら、この女神たちが持っている、この上なく美しいテーマと、彼女たちの作品から、もっとも高貴な題材を奪うことになるだろう。またクピドから、詩との交わりや、詩に奉仕する機会を失わせてしまえば、その最高の武器を取り上げることになって、愛の神の力も弱まるしかない。

——第三巻第5章「ウェルギリウスの詩句について」

□不思議なのは、詩を評価判断し、解釈する人よりも、詩人のほうがたくさん存在することだ。詩に通じることよりも、それを作るほうが簡単なのだ。低いレベルでならば、詩の規則や技法から判断もつこう。だが、優れた、最高度の、崇高な詩は、規則や理屈を超越している。確固とした、落ち着いた眼差しでもって、その美しさを見きわめるような人であっても、稲妻の輝きと同じで、その詩が見えているのではない。詩を見抜く力をそなえた人に、詩的な恍惚感が刺激を及ぼし、さらには、その人がその詩を論じたり、朗唱したり

するの聞いた第三者の心を打つのである。——第一巻第36章「小カトーについて」

□ 多くの詩人が、散文風にだらだらと引きずって書いているけれど、昔の最高の散文というのは、どこでも、詩的な力強さと大胆さの火花を散らし、その熱狂ぶりを示している。とはいえ、語り口における自在さや優越性は、どう見ても、詩にはかなわない。また、博学の士のことばによれば、昔の神学はまったくの詩であり、最初の哲学も同様であったという。詩は、神々の最初の言語なのでもあった。

——第三巻第9章「空しさについて」

歴史について

De l'histoire

□ 今日ほどたくさんの歴史家がいる時代はないし、彼らの話を聞くのは、いつでも楽しいし、役にも立つ。なにしろ彼らは、その記憶の倉庫から、称賛にあたいするみごとな教訓の数々を、たっぷりと提供してくれるのだから。それらはむろん、人生を処していく上で、大いに役に立つのだ。

――第三巻第8章「話し合いの方法について」

□ 歴史というのは、わたしが思いますに、あらゆる題材のなかでも、われわれの精神というものが、もっとも多様な方法でもって、打ち込める題材です。わたしは、ティトゥス・リウィウスのなかに、他人が読みとらなかったことを、それこそ山ほど読みとっています。そしてプルタルコスも、ティトゥス・リウィウスのなかに、わたしが読みとることができたこと以外を、それもたぶん、著者がそこに盛りこんだこと以外を、たくさん読みとったのです。ある人々にとっては、それは純粋に文法の勉強なわけですが、他の人々にとっては、哲学的な分析であり、われわれの本性のうちで、もっとも晦渋(かいじゅう)な部分へと分け入っていくことにもなるのです。

――第一巻第25章「子供たちの教育について」

□ 自分よりも下に目をやって、わが自己認識に酔いしれている人は、上を見上げて、過ぎ去った時代を眺めるがいい。そこに、自分を踏みつける、数多(あまた)の

精神を見いだして、ひれ伏すことになろう。自分の勇気を見よといって、いささかうぬぼれるようなことがあれば、スキピオやエパメイノンダスや、数多くの軍隊や民族のことを思い出すがいい――自分などは、はるか後方で遅れていることがわかるはずだ。特別な才能を有していても、それ同時に、自分のなかにある、それ以外の多くの不完全さや弱点のことをきちんと考慮する人間ならば、要するに、人間存在が無であることを勘定に入れている人間ならば、だれも慢心したりするはずがない。

――第三巻第6章「実地に学ぶことについて」

Du langage

ことばについて

□ われわれの争いとは、ことばの上の争いである。たとえばわたしは、「自然とはなにか、快楽とはなにか、円とはなにか、相続人の代襲とはなにか」とたずねる。質問はことばでおこなわれ、同じくことばで返ってくる――「石とは物体である」などと。ところが「物体とはなにか――実体だ」、「では実体

とはなにか」と、問いつめていくと、答える側の辞書（カルパン）も終わってしまうのではないのか。人は、あることばに、他のことばを、それも大抵はよく知らないことばを置き換えてすませる。でもわたしには、死を免れない動物とか、理性のある動物とかいうよりも、人間というほうがよくわかる。

——第三巻第13章「経験について」

□　世の中の混乱の大部分の原因は、文法的なレベルのこと（グラメリエンヌ）なのだ。われわれの訴訟は、もっぱら、法律の解釈をめぐる争いに起因するのだし、ほとんどの戦争は、君主間の協定や条約の内容を、明快に表現することができなかったことに発している。「これ（ホック）」という単語の意味をめぐる疑義から、どれほどの対立抗争が、それもゆゆしき対立抗争が生じたことだろう。

——第二巻第12章「レーモン・スボンの弁護」

□　われわれのフランス語が、現在にいたるまで絶えず変化してきたことから判断して、フランス語の現在のかたちが五〇年後も通用すると期待することな

どできるのだろうか？　それは毎日、われわれの手から流れ出ていくのだ。わたしが生まれてからでも、半分は変わってしまっている。われわれは、現在のことばは完全だなどという。しかも、それぞれの時代が、その時代のことばについて、これと同じことをいっているのだ。だが、フランス語は今も、その形を変えながら過ぎ去り、進んでいるのであり、このことからして、完成したものと考えることはできない。

――第三巻第9章「空しさについて」

□ 服装において、なにかしら特別で、珍しい方法で、自分を目立たせようとするのは、小心さの表れですが、ことばの場合も、新奇な表現とか、よく知られていない単語などを探しまわるのは、学をひけらかしたい（スコラスチック）という、子供じみた野心のせいです。わたしなどは、いっそのこと、パリの中央市場（レ・アル）で使われることばだけで済ませないかと思っています。

――第一巻第25章「子供たちの教育について」

□ 古代ローマの裁判では、証人が目撃したことを述べる場合も、裁判官が、そ

の事件に関するもっとも確かな知見によって決定を下す場合も、「わたしには、そのように思われる」という形の表現をするのが通例となっていたという。わたしの場合も、たとえ信憑性の高いことでも、絶対確実なことだとして植えつけられると、それがいやになってしまう。「たぶん」「いくらかは」「なんらかの」「……だそうだ」「思うに」といったたぐいの、われわれの思い切った意見を和らげて、控えめにしてくれる表現が、わたしは好きだ。だから、もしも息子たちをしつける必要があったとすれば、問いかけるような、断定的ではない答え方を、しっかりとたたき込んだにちがいない。そうすれば、昨今の子供たちのように、一〇歳で博士みたいなふるまいをするのではなく、六〇歳になっても、初心者のような態度を守り続けることになったと思う。

——第三巻第一一章「足の悪い人について」

モンテーニュについて

□　わたしの仕事ならびに技術は、生きることだ。

――第二巻第6章「実地に学ぶことについて」

□　わたしとしては、キケロのなかではなくて、自分のなかで、しっかりと自分を理解したい。わたしがよい生徒ならば、自分の経験そのものから、自分を賢くしてくれるものをたくさん見つけられるはずだ。過去において、あまりに怒りすぎたことを、どれほど逆上してしまったのかを、きちんと記憶にとどめている人間ならば、この情念のみにくさを、アリストテレスを読むよりも、しっかり納得できるし、この情念に対して、より正しい嫌悪感をいだくことができる。自分が立ち向かった不幸や、自分をおびやかした不幸を、そして自分の状況を一変させてしまった些細なできごとを覚えている人は、そのおかげで、将来の有為転変に備えることができるのだし、自分という存在をまともに認識することにもなるのである。　――第三巻第13章「経験について」

□ わたしが自分のことをさまざまに語るのは、自分のことを異なる向きから見ているからだ。ぐるっと回したり、なにかいじくったりすることで、そこには、あらゆる矛盾が見いだされることになる。遠慮がちで傲慢な、貞潔にして好色な、おしゃべりで無口な、タフなくせにデリケートな、利発なくせにぼんやりした、ふきげんでにこやかな、うそつきで正直な、学識があるくせに無知な、気前がよくてけちくさく、しかも浪費家——これらすべてを、わたしは、向きを変えるにつれて、自分のなかに少しずつ見いだす。自己を注意深く研究する人間ならば、だれでも、自分のなかに、いや自分の判断のなかにでも、こうした可変性や不一致を見ずにはいない。わたしは自分について、まるごとひっくるめて、すっきりと単純に、かっちりと、なんの混乱も混ぜ物もなしに、ひとことでいえることなどは、ひとつもない。

——第二巻第一章「われわれの行為の移ろいやすさについて」

□ 世間の人は、自分という存在にしたがって、他人に判断をくだすけれど、わたしはこうしたまちがいはしない。他人については、自分とは異なることが

ずいぶんあるんだなと思ってしまうのだ。自分が、ある型にがちっとはまっていると感じてはいても、だれもがそうするように、それを人々に押しつけることはなくて、異なる生き方がたくさん存在するのだと思って、そのように了解する。世間一般とは反対に、われわれのあいだの類似よりも、差異のほうをすんなり受けいれるのだ。

——第一巻第38章「孤独について」

□ わたしは、それほど深く全身まで、自分を抵当に入れることはできない。わが意志が、わたしをある党派に肩入れさせるとしても、自分の理性が感染するほど無理やりの拘束ではない。現在のこの国の騒乱状態にあっても、わたしは自分の利害のせいで、敵方のほめるべき点を認めないとか、味方の人々の非難すべき点を見落とすといったことはない。論争の核心を別とすれば、わたしは冷静に不偏不党を守ってきた。人々がこれとは逆のあやまちを犯すのを、よく見ているだけに、自分でもこのことがうれしい。

——第三巻第10章「自分の意志を節約することについて」

□ そもそもわたしは、思い切ってしようとすることは、思い切りよく話すよう、自分にいいきかせてきたし、他人にはいえないような考えを抱くことさえ、不愉快に感じてきた。わたしの行動や性格のうち最悪のものだって、あえてこれを白状しなければ、卑怯で見苦しいけれど、白状しないことに比べたら、さほど見苦しいものとは思えない。人間だれしも、告白に際しては控えめになるものだが、むしろ、行動において控えめになるべきではなかろうか。

——第三巻第5章「ウェルギリウスの詩句について」

□ わたしは仕事においては、それを手際よく運ぶことができずに、ずいぶんと好機をのがしてきた。とはいえ、わたしが選んだ方針は、その時々の状況に応じた、適切なものであった。いつでも、もっとも容易にして、もっとも確実な道を選ぶというのが、わたしのやり方だった。これまでの決定をふりかえってみても、提示された状況に応じて、自分のルールにしたがって、賢くふるまったと思っている。だから、千年たっても、似たような状況ならば、同じことをするのではないだろうか。わたしが問題にするのは、このことは今

ならどうかということではなくて、そのことについてあれこれ考えていたときにどうだったのかということなのだ。

——第三巻第2章「後悔について」

□なにごとであろうと、それが過ぎてしまえば、いかなるふうになろうとも、わたしはほとんど悔やむことはない。「事態はそのようになるのが当然だった。それらは、宇宙の大きな流れのなかに、ストア派のいう、もろもろの原因の連鎖のなかにあるのだ。おまえがいくら強く願い、いくら思い描いても、もののごとのすべての秩序がひっくり返り、過去と未来が逆転でもしないかぎり、おまえの考えでは、それを少しも動かすことなんかできやしない」とでも考えれば、苦しみから抜け出せるのだ。

——第三巻第2章「後悔について」

□しばしば自分の無力さを思い知らされたおかげで、わたしは謙虚さを身につけたし、自分に定められた信仰には、すなおにしたがうことを学んだ。そして、常に冷静で、節度ある意見を述べることも学んだし、なにごとにつけても自信過剰で、思いあがった、あのやかましく、けんか腰の傲慢な人々——

これは知識や真理にとって大敵だ――に対する嫌悪感も教わることができた。そうした連中が、教えているところを聞いてみるがいい。ばかみたいなことばが、すぐ口をついて出るけれど、その調子ときたら、まるで宗教とか法律でもこしらえているみたいではないか。《知りもせず、わかりもしないうちから、決めつけたり、同意することほど、恥ずべきことはない》〔キケロ『アカデミカ』一の一二の四五〕のである。

――第三巻第13章「経験について」

□ 人生を楽しむには、それなりのやりくりというものがあって、わたしなどは人の倍、人生を享受している。というのも、楽しみの度合いなるものは、それに対する熱心さ次第でもあるのだ。とりわけ最近など、残り時間が少ないことがわかっているから、そこに重みをかけることで人生を拡張したいと思っている。手早くつかまえて、はかなく逃れていく生をなんとか引き止めたいのだし、生があわただしく流れていってしまうというのならば、それを力強く味わって埋め合わせるしかないと感じている。人生の持ち分が短くなれば、それに応じて、生を深く、充実したものにしなくてはいけない。

——第三巻第13章「経験について」

□ ご承知のとおり、わたしはここまで一本の道をたどってきたわけで、この世にインクと紙があるかぎりは、休みなく、苦労せずに、この道を歩いて行くつもりだ。とはいえ、わたしは、自分のしてきたことによって、わが人生を記録することはできない。運命がそれらを、あまりに低いものにしてしまったものだから。そこで、わたしがあれやこれや考えをめぐらせたことによって、人生を記録したいと思う。

——第三巻第9章「空しさについて」

□ わたしは、つましく、輝きもない生活を披露するわけであって、それはそれでかまわない。人生についての哲学というものは、豊かな実質をともなった生き方にも、また、市井（しせい）の一個人の生き方にも、あてはまるのだから。人間はだれでも、人間のありようとして完全なかたちを備えているのである。

──第三巻第２章「後悔について」

□ 世の著作家たちは、なにかしら特別で、いっぷう変わった特徴によって、自分の存在を人々に伝えようとする。しかしながら、このわたしは、文法家でも、詩人でも、法律家でもなく、まさに人間ミシェル・ド・モンテーニュとして、わたしという普遍的な存在によって自分のことを伝える、最初の人間となるのだ。人々に、おまえは自分のことをしゃべりすぎるぞと不満をいわれても、わたしとすれば、彼らこそ、自分のことさえ考えないくせにと、逆にいってやりたいくらいなのである。

──第三巻第２章「後悔について」

□ ここでは、わたしの本とわたしとが歩調を合わせ、いっしょに進んでいく。ほかの場合ならば、作品を、作者とは切り離して称賛したり、批判したりできるけれど、ここではそうはいかない。一方にふれるならば、他方にふれないわけにはいかないのだ。

──第三巻第２章「後悔について」

□ とはいえ、結局のところ、自分について語れば、どっちに転んでも損するしかない。自分を非難すれば、かならず信じてもらえるのだし、自分をほめれば、まず信じてもらえないのだから。——第三巻第8章「話し合いの方法について」

□ 作品というものは、それ本来の力に運命も加わって、作者に手を貸して、作者の構想やアイデアを超越して、作者よりも先に行くこともありうる。わたしについていうなら、自分の作品も、他人の作品も、同じように漠然としか判断できない。したがって、『エセー』の自己評価も、ときには低く、ときには高くと、とても不安定で不確かなのである。

——第三巻第8章「話し合いの方法について」

□ わが『エセー』が最初に出版されたのは一五八〇年なのだが、それからわたしは何歳も年をとった。でも、少しでも賢くなったかといえば、それは疑わしい。今のわたしと、少し前のわたしは、たしかに二つの存在である。しかし、どちらのわたしのほうが優れていたかとなると、なんともいいようがな

いのである。

——第三巻第9章「空しさについて」

□ このわたしの主題を見失うのは、不注意な読者のほうであって、わたしではない。したがって、かならずや、どこかの片隅に、たとえ簡潔であっても、主題とつながる十分なことばが見つかるはずなのである。わたしは遠慮もなしに、ごたついたまま、主題を変えていく。わたしの文体と、わたしの精神は、いっしょになってどんどんさまよい歩くのだ。

——第三巻第9章「空しさについて」

□ それにしても、痛快にして、突飛な発想ではないか。個人にはだれにも話したくないようなことがらを、わたしが、読者に向かって語るなんて。そして、極秘であるところの、わが知識やら思想については、もっとも忠実な友人たちでさえも、書店の店先に行けと追い払うのであるから。

——第三巻第9章「空しさについて」

おわりに

モンテーニュ（一五三三〜一五九二）は、フランス・ルネサンス期を代表する思想家である。ボルドー近郊にあるモンテーニュ村の城館で生まれた彼は、貴族の子弟として幼少期から古典文学に親しみ、ボルドー大学やトゥールーズ大学などで学んだのち、二四歳でボルドー高等法院の裁判官となった。そして三七歳のときに官職から引退し、故郷の城館にこもって随筆を書きはじめ、それを*Les Essais*『エセー』と題して一五八〇年に出版した。その後、ドイツやイタリアなどへの一年半にわたる大旅行を経て、一五八一年から一五八五年までボルドー市長を務めた。当時のフランスは、カトリックとプロテスタントによる激しい宗教戦争の最中であったが、モンテーニュはみずからの宗教的立場を超えて、両派の和解のために尽力した。

モンテーニュは、ボルドー市長を退任したのちも、ふたたび故郷の城館で『エセー』の執筆にとりくんだ。一五八〇年の『エセー』初版（全二巻）に続いて、一五八八年には、第一巻および第二巻の全面改訂とともに第三巻を加えた『エセー』（全三巻）が刊行された。それ以降もモンテーニュは、一五八八年版の『エセー』の一冊を自分の手元に置き、その余白にさまざまな思索や省察を書きとめていた。こうしてモンテーニュは、新たな『エセー』の刊行を目指して、死の直

前まで執筆活動に専念しつづけたのである。

＊　＊　＊

ところで、モンテーニュの『エセー』の特徴といえば、何よりもまず話題の豊富さにあるだろう。この作品では、教育や恋愛や死といった人間生活をとりまく話題はもちろん、学問的な話から世間話にいたるまで、あらゆる話題が取り上げられている。しかも、これらの話題とともにモンテーニュ自身のコメントが加えられており、彼の思考の柔軟さがいたるところで垣間見られる。

モンテーニュは、さまざまな話題をめぐって自由に考え、自分なりの意見を述べるために『エセー』を執筆した。この「エッセイ *essai*」という言葉は、今日では文学ジャンルの用語として広く知られているが、モンテーニュ自身はあくまでも「試し」や「試み」という意味で、この言葉を作品のタイトルにした。ある主題について自分がどこまで考えて判断できるかを試してみること、つまり自分の知的能力と知的限界を探ることが、この作品の執筆目的なのである。ようするに『エセー』という作品は、モンテーニュにとって、自分の思考力や判断力を試す場だったのである。

さらに、モンテーニュの自由奔放な語り口も、もうひとつの『エセー』の特徴

であろう。モンテーニュは学者とは異なり、みずからの思想を体系的に論じることはしない。『エセー』の章には一貫した構成が見られず、しばしば脱線をくり返しながら議論が進んでゆく。また、どんな話題についても、モンテーニュは自由に発言しようと心がける。宗教や政治の問題を論じるときでも、彼はいかなる党派にも肩入れすることなく、つねに中立かつ中庸の立場から意見を述べる。このように脱線を交えながらも、遠慮なく私見を披歴してゆく書き方は、他のいかなる思想書にも見られないユニークな点であり、『エセー』の魅力のひとつでもあるのだ。

＊　＊　＊

さて、この『エセー』であるが、モンテーニュが二〇年近くにもわたって書き上げた大著であるだけに、はじめて作品を手にする人は、その膨大な分量に驚かれるにちがいない。なかには、「どのように読めばいいのだろうか」と考えあぐねる人もいることであろう。しかし実のところ、『エセー』には正しい読み方というものはない。わざわざ小説のように第一巻の最初の章から読み始めなくても、いくつかのページを拾い読みするだけで、モンテーニュの気質や考え方を感じとることができるだろう。

本書の「名言篇」の中で興味を引いた名言があれば、その名言が収められている章から読み始めてもよいだろう。たとえば、恋愛や結婚についての言葉は、第三巻第5章の「ウェルギリウスの詩句について」の中に収められている。かつてプロテスタントの中心地ジュネーヴなどでは発禁になったこともあるこの「ウェルギリウスの詩句について」は、一見わかりにくい章題がついているが、実際の内容からすると、「性愛について」としたほうがよほどふさわしいように思われる。あるいは、かの有名な「わたしは何を知るのか？」という言葉が生まれた経緯が知りたいのであれば、第二巻12章の「レーモン・スボンの弁護」を読んでみるのもよい。長大で難解だとされる章ではあるが、本書に収めた名言のほかにも、珠玉の名言がたくさん詰まっている。『エセー』を実際に手にして読めば、人生を賢明に生きるためのヒントがいくつも見つかるにちがいない。

モンテーニュの『エセー』は、時代と国境を超え、二一世紀に生きる私たち日本人にも、親しげに分かりやすく語りかけてくれる。

二〇一九年七月

久保田 剛史

たちが、無防備のままに、追いまわされて殺されるのを見るのも、不快でたまらない。われわれは、ほかの人間たちに対しては、正義の心をもたなければならないし、生命や感情をもつ生き物に対しては、いたわりの心をもたなければならないのだ。

第12章「レーモン・スボン*の弁護」

この長大な章（『エセー』全体のおよそ6分の1を占める）は、レーモン・スボンの著作に対する批判を受けて、彼を擁護するために書かれた。モンテーニュは、いまは亡き父親の勧めで、スボンの著書『自然神学』をフランス語に訳して出版した。この著作は、啓示や信仰の助けを借りずに、人間の理性によって、キリスト教の正しさを証明しようとしたものである。

スボンに対する批判のひとつは、「人間の理性でもって信仰を正当化するのはまちがいだ」というものである。これに対して、モンテーニュは次のように答える。たしかに信仰は、神の恩寵によって人間に与えられるものである。とはいえ、われわれが知性や精神のかぎりをつくし、全身全霊をこめて神に仕えるならば、信仰にも輝かしさが増すにちがいない。もうひとつの批判は、理性の力を過信するあまり、「スボンの論証には十分な説得力がない」とするものである。この批判に反撃を加えるべく、モンテーニュは次のような論証によって、理性の弱さを暴き出そうとする。

あらゆる被造物のうちで、もっとも悲いものは人間である。それなのに、人間はその傲慢さゆえに、自分たちがもっとも神に近い存在であると思いこんでいる。だが、彼らはどの点において、他の動物よりも優れていると言えるのだろうか。たとえば、人間の優越性の根拠とされるもの（コミュニケーションの技術、集団社会の組織、推理能力、判断力など）は、動物にも見ることができる。さらに動物は、さまざまな美徳（宗教心や恩義の念、仲間

意識、高邁さ、罪悪感、寛大さなど）もそなえている。したがって、人間は動物以上でもなければ、動物以下でもないのだ。われわれが自分たちを、他の動物より優れた存在だと考えるのは、愚かな思い上がりにすぎない。

それに人間は、学問の研究を通して、なんらかの真理を見いだすことができたのだろうか。逍遥学派やエピクロス派、ストア派などは、真理を見つけたと主張したが、アカデメイア派は、人間の手では真理を把握することができないと説いた。それに対して、ピュロン派は、みずからの無知を告白したうえで、自分たちは真理を探している最中なのだと述べた。これらの学派のうちで、もっとも真実らしい主張を表明しているのは、ピュロン派であろう。実際に、人間が考え出した学説は、すべて不確かなものである。古代から多くの哲学者が神について論じてきたが、彼らが考え出した神とは、どれも人間の姿に似せたものでしかない。しかも哲学者たちは、人間の精神や肉体について、いまだに共通の意見を見いだしていない。自分のことすら理解できない者が、いったい何を理解できるというのか。

人間の精神もまた、不安定でぐらつきやすく、信用できないものである。われわれの知性や判断は、肉体の変化の影響をうけやすい。また、どれほど多くの人々が、そのときの感情に応じて意見を変えたことか。真理や正義は、いつでも、どこでも、つねに同一であるはずだ。それならば、なぜ法律や習慣は、それぞれの時代や地域によって異なるのだろうか。人間の知識のすべては、感覚を頼りにしている。だが、われわれの感覚は、さまざまな錯覚を生みだし、まちがった情報を精神にもたらして、われわれの理性を騙すのである。

結局のところ、人間は、どんな確実なことも樹立することができない、むなしい存在なのだ。われわれの理性の弱さを埋め合わせるには、信仰によるしかない。神が助けの手を貸してくれない

かぎり、人間は哀れな状態のままなのだ。

＊ スペインの神学者（ -1436)。バルセロナに生まれ、南仏のトゥールーズで神学・医学を講じた。彼の主著『自然神学、あるいは被造物の書』は、全330章からなるラテン語の作品であり、「人間的かつ自然な道理によって、キリスト教のすべての信仰箇条を確立し、立証して、無神論者に反駁する」ことを試みたものである。

第13章「他人の死について判断すること」

人間は自分に死ぬ時が訪れたとは、なかなか信じようとしないものだ。だから、実際に死の危険が迫っているのに、自分ではまだそう思っていない人を見て、落ち着きや決断力があると判断するのは、正しくない。同じように、自死を選んだ人々についても、それが突然の死だったのか、あるいは、時間のかかる死だったのかを、しっかりと区別する必要がある。

第14章「われわれの精神は、いかにそれ自体がじゃまになるか」

まったく同等の二つのものから、われわれの心がどちらかを選ぶことができるのは、どうしてなのか。ストア派によると、心のこうした動きは、外からの偶発的な衝動に由来するという。だが実は、われわれの前に現われるものには、たとえわずかであれ、なんらかの差異が必ずあって、そうした差異がわれわれの心を引きつけるのである。

第15章「われわれの欲望は、困難さによってつのること」

なにごとにおいても、困難さはものごとの価値を高める。われわれの欲望は、自分の手の中にあるものを軽蔑し、まだ持っていないものを追い求める。そして、われわれの手にすっかり委ねられると、軽蔑の心を生むことになる。

第16章「栄光について」

なぜ人々は、栄光ばかりを追い求めるのか。われわれの行為が世間に知れ渡り、人々から称賛されるのは、運命のしわざにすぎな

い。むしろ、われわれが求めるべき栄光とは、人生を静かに生きるということであろう。われわれは、自分が他人にどう見えているかということよりも、自分が自分自身にとってどんな人間であるかを気にするべきである。外見にもとづいた判断は、どれも不確かで疑わしい。だから、各人にとって、自分自身ほど確かな証人はいないのだ。

第17章「うぬぼれについて」

もうひとつの栄光といえば、うぬぼれであるが、これには二つの種類がある。すなわち、自分をあまりに高く評価することと、他人を十分に評価しないことである。モンテーニュはといえば、彼はいつも自分を低く評価しがちである。彼は、自分が書くものに満足しておらず、『エセー』が世間の称賛を受けるとは思っていない。また、器用さや敏捷さに欠けており、ものぐさで、自由気ままな性格であると言う。その反面で、うそや欺瞞が大嫌いであり、誠実さや正義ほど人間関係において大切なものはないと考えている。とはいえ、『エセー』を愛読し、モンテーニュの魅力を理解してくれる読者に、彼は出会うことができたのだ。その人物とは、マリー・ド・グルネー嬢であり*、モンテーニュは彼女と義理の娘のちぎりを結ぶことになる。

* グルネー嬢（1566-1645）は、20歳のときに『エセー』の愛読者となり、1588年にパリでモンテーニュに会った。彼女はモンテーニュの死後、『エセー』を編集して出版した（1595年）。

第18章「嘘をつくこと」

前章の内容に続くかたちで、モンテーニュはここで、自分について書くことを正当化しようとする。彼は、後世の人々に読み継がれるためではなく、ただ自分の肉親や友人たちを楽しませるために、『エセー』を書いているにすぎない。それに、たとえだれにも読んでもらえなくても、自分について書くという行為は、自分の生活に秩序を与え、自分の欠点を矯正するのに役立つのだ。

第19章「信教の自由について」

善良な意図でさえ、もしそれが節度なく導かれるならば、悲惨な結果を生みだしかねない。今日のフランスでは、たくさんの人が、自分たちの宗教に対する熱意と愛情から、不正で暴力的な行為に走っている。ところで、キリスト教がローマ帝国に広まった時代には、さまざまな迫害がなされたが、皇帝ユリアヌス*の場合は、その特殊なケースであろう。この皇帝は、キリスト教の敵対者であったものの、その手を血で汚すことはしなかった。彼は、あらゆる信教の自由を認めることで、人民の宗教的対立をさらに深め、キリスト教の勢力を弱めようとしたのだ。今日のフランスでも、信教の自由は国民の分裂を拡大させるとして、これに反対する考えがある。しかし、弾圧政策によって宗教的対立を鎮めることができないならば、寛容政策を推し進めるしかないのだ。

* ローマ皇帝（在位361-63）。古代哲学と新プラトン主義に傾倒し、異教に転向したために、「背教者」とよばれた。

第20章「われわれはなにも純粋には味わわない」

われわれが味わう快楽や善には、なんらかの不快や悪がまじっている。快楽の極致に達している人は、うめいているようにも見える。幸福も度をこえると苦痛になるし、あまりに笑いすぎると最後には涙がでてくる。法律についても、いくらかの不正義がまじらないかぎりは、存続することができないのだ。

第21章「なまけ者に反対する」

古代ローマの皇帝たちは、瀕死の状態にあっても、重要な職務をこなしていた。これこそ模範的な君主のふるまいであろう。というのも、国王がなまけているのを見れば、臣下はうんざりして、主君の身を守ろうという気持ちも失せてしまうからだ。

第22章「宿駅について」

古代の君主たちは、できるだけ早く手紙を届けるために、さまざまな方法を考え出した。

第23章「よい目的のために、悪い手段を使うこと」

自然のさまざまな部分には、驚くべき関連や照応が見られる。国家も、われわれの肉体と同じように、病気や老化をまぬがれることができない。そのため、下剤や瀉血と同じような治療法が、国家に用いられることがある。ローマ人たちは、人口の膨張をくいとめるために、植民地を作ったり、わざと戦争を起こしたりした。また、国民の不満をそらすために、対外戦争をしかける国家もある。このように、人間は弱い存在であるため、しばしば、よい目的のために悪い手段を用いざるをえないのだ。

第24章「ローマの偉大さについて」

ローマ人たちは昔から、自分たちが征服した王に、その王国をそのまま支配させておくことを習わしとしていた。そうした気前のよさは、現代の君主たちにはまったく見受けられない。

第25章「仮病などは使わないこと」

病気のふりをしたせいで、本当に病気になってしまった、という逸話はいくつもある。ところで、精神的な病気、つまり悪徳については、われわれの内面的な欠陥に由来している。それなのに、われわれは病気の原因が自分にあるとは思っておらず、いつも周囲のせいにしているのだ。もしもこうした悪徳を早くから治療したいのならば、「哲学」という薬を服用して、自分について反省すべきであろう。

第 26 章「親指について」

親指はもっとも重要な役割を果たす指である。ローマでは、親指を用いたさまざまな習わしがあった。

第 27 章「臆病は残酷の母」

現代の争いでは、はじめから敵を殺すことしか問題にしない。だが、相手を死なせてしまうのは、将来の反撃を避けることにはなっても、けっして過去の攻撃に対する仕返しにはならない。それは臆病さの行為にすぎないのだ。また、個人的な決闘において、複数の立会人を同行させるという現代の習慣も、臆病さに由来するものである。自分の名誉を守るための決闘に、他人の勇気や命を巻きぞえにするのは、卑劣なふるまいであろう。残酷さは復讐を恐れるものだから、いったん残酷な行為がおこなわれると、復讐に対する恐怖を押し殺すために、さらに残酷な行為が生じることになる。さらに暴君たちは、殺すことと、自分の怒りを思い知らせることを、両方ともいっしょに果たそうとして、いろいろな拷問を考えだした。

第 28 章「なにごとにも季節がある」

「若い者は準備をし、老いた者はそれを楽しむである」と、賢者たちはいっている。いつまでも学び続けるのはいいけれども、老人になっても若者と同じように学ぶのはいけない。われわれは、それぞれの状態にふさわしい勉強をするべきなのだ。

第 29 章「徳について」

精神の突発的な興奮状態と、いつもの落ち着いた状態とのあいだには、大きな違いがある。われわれは、他人に刺激されて、自分の精神を通常よりもはるかに高く飛躍させるときがある。したがって、ある人間を正しく判断するには、まずは彼のふだんの行

動を調べて、日常のなにげない姿をとらえなければならない。

第30章「ある奇形児について」

われわれが奇形とよぶものは、神にとっては奇形ではない。神の絶対的な英知からは、善良なもの、ふつうのもの、規則正しいものしか生じない。神はご自身がお造りになったすべてのものに、完全な秩序があるのを見ておられる。けれども、われわれ人間には、そうした被造物の調和や関連が見えないのだ。

第31章「怒りについて」

怒りという感情ほど、健全な判断をかき乱すものはない。父親や教師たちは、怒りに駆られて子どもを叱るようなことをしてはならない。怒りはときに勇気や武勇の手段にもなりうる。だが、使い方をわきまえていないと、われわれ自身が怒りに飲みこまれて、節度を失ってしまうことになる。

第32章「セネカとプルタルコスを弁護する」

モンテーニュはまず、セネカを偽善者扱いする宗教改革派の人々に異議をとなえる。また、プルタルコスを非難する歴史家たちにも反論を投げかける。プルタルコスは信じられない話を書くと評されているが、人間の精神はときに能力の限界を超えて、信じがたいことを可能にしてしまうことがある。したがって、可能なことや不可能なことを、われわれの良識だけで判断するのは、大きな誤りなのだ。

第33章「スプリナの物語」

理性は、われわれの欲望を押さえつけようとするあまり、自分の魅力や利点さえも憎んでしまうときがある。かつて、トスカナの若者スプリナは、この上ない美貌に恵まれていたが、自分の美し

さが人々の欲望をかき立てることに我慢できなくなり、ついには自分の顔をずたずたに切り裂いてしまった。だがスプリナは、正しいふるまいによって自分の美しさを引き立たせたほうが、どれほど賢明であったことか。極端な行為よりも、節度ある行為のほうに、いっそう多くの美徳が見られるのだ。

第34章「ユリウス・カエサルの戦い方について考える」

カエサルこそは、あらゆる武人のモデルというべき人物である。彼は兵士たちに対して、とにかく単純に服従することを命じていた。彼の演説は、兵士たちから高く評価されていた。アレクサンドロス大王が短気で怒りっぽかったのに対して、カエサルは慎重で思慮深い性格であった。また、戦いの指揮官として、兵士たちからこれほど信頼された人物もいなかった。

第35章「三人の良妻について」

たいていの妻たちは、夫に対する愛情を隠しておき、夫が死んだあとで人に見せようとする。だが、これでは手遅れの愛情であり、夫を死んでからしか愛さないと言っているようなものだ。三人の妻たち（ある北イタリアの女、カエキンナ・パエトゥスの妻アッリア、セネカの嫁ポンペイア・パウリナ）は、死にゆく夫に親切と愛情のかぎりをつくし、夫とともに自死をとげた。

第36章「もっとも傑出した男たちについて」

この章では、ホメロス、アレクサンドロス大王、エパメイノンダス*の三人が、優れた男性として挙げられる。ホメロスは、盲目で貧しかったものの、学識や技巧の面で、あらゆる詩人たちを超えていた。彼は、だれの模倣もせずに、まったく一人で力強い言葉を作りだした。アレクサンドロス大王は、半生のあいだに未曽有の世界征服をなしとげ、33歳の若さで死去した。エパメイノン

ダスは、野心にかき立てられることなく、英知と理性によって国政にたずさわった。彼は、人格と良心において、あらゆる武将たちを凌駕しており、敵たちにも思いやりをもつ人物であった。

＊ 古代ギリシアのテーベの将軍・政治家（？－前362）。

第37章「子供が父親と似ることについて」

モンテーニュは、はじめて『エセー』を発表したころから、父親譲りの腎臓結石の発作に苦しむようになった。だが、この病気のおかげで、彼は苦痛に慣れ親しみ、死の恐怖を和らげることができるようになった。また、医学に対するモンテーニュの反感も、彼の父親から受け継いだものである。医者たちは、自分の評判のほうが患者のことよりも大事だと思っている。彼らは、患者の体質、病気の要因、薬剤の処方などを、きちんと調べ上げないために、しばしば危険なミスを冒す。むずかしい病気については、これまで医者たちの意見が一致したことがない。医学の根拠はこんなにも薄弱なのだから、むしろ自然の欲求に導かれるままに生き、わが身を死にゆだねるべきであろう。われわれが医学を盲信するのは、死と苦痛を恐れるからであり、病気に耐えられずに、とにかく治りたいと渇望するからなのだ。

第三巻

第1章 「役立つことと正しいことについて」

正しいものだけが、国家の統治に役立つとはかぎらない。公共の利益のためには、裏切りや嘘はもちろん、殺人さえも求められるときがある。モンテーニュは、みずからの良心や理性に忠実でありたいから、できるだけ公務から距離を置こうとする。いくら公共の利益のためとはいえ、個人の利益をないがしろにするのは賢明ではない。エパメイノンダスは、公務においても個人的な義務を尊重したという点で、もっとも優れた武将に値する。彼は、打ち負かした相手をけっして殺さなかったし、国家の利益のために友人や肉親を裏切るようなこともしなかった。

第2章 「後悔について」

モンテーニュが『エセー』で語っているのは、推移する自分の姿である。彼の記述は、しばしば矛盾することもあるが、けっして真実に反することを述べているわけではない。それに、われわれはだれでも、人間としての特性をそなえているのだから、彼の自己描写は、他の人々にも役立つはずである。おそらくモンテーニュ以上に、自分という素材を深く観察し、その細部まで論じた人物はいないであろう。彼は、自分の内面に規範をもうけ、それをもとに自分の行為を裁く。現代のような腐敗した時代において、他人からの評価を行為の指針にするのは、とりわけ危険なことである。モンテーニュはめったに後悔することがない。というのも、われわれの行為は、われわれ自身の性質や状況に合致したものであり、それ以上のことはできないからだ。それに、われわれの行為が成功するかどうかは、そのタイミングや周囲の状況に

もかかっている。たとえ行為が望みどおりの結果にならなかったとしても、それは仕方のないことで、自分を責めるべきではない。むしろ責めるべきは自分の運であって、これは後悔とよべるものではない。だからモンテーニュは、過去を悔やみもしないし、未来を恐れもしない。彼としては、老いてゆく自分の姿を、最後の瞬間まで読者に見せることができれば、それで満足なのだ。

第3章 「三つの交際について」

モンテーニニが親しく交わりたいと思う人々は、誠実で判断力の優れた人間たちである。というのも、そうした人々は、どんな話題についても語ることができるし、彼らの会話には、つねに優雅さと適切さが見られるからだ。また、美しく貞淑な女性たちとの交際も、モンテーニュにとっては楽しいものである。ただし、愛情や忠実さがなければ、この交際から喜びを手に入れることはできない。この二つの交わりは、偶然によるところが大きいし、相手に左右されやすい。だが、書物との交際は、はるかに確実で自由なものである。書物は、どこでも好きなところで読むことができるし、どんなときでもモンテーニュを慰めてくれる。彼は自邸の図書館で、読書にふけったり、『エセー』を書いたりしながら、一日の大半を過ごしている。以上の三つの交わりが、モンテーニュの好む個人的な営みなのだ。

第4章 「気持ちを転じることについて」

悲しみに打ちひしがれた人を慰めるには、つらい出来事について話し合うよりも、むしろ話題をそらして、なにか別の話題で気をまぎらせてあげたほうがよい。このように、気分転換に訴えるという方法は、いろんなところで役に立つ。相手の注意をそらして敵をかわしたりするのも、同じような方法であろう。われわれは、死の恐怖から目をそむけるために、子供の出世や一家の名誉

など、いつも別のことを考えて生きている。ほんの些細なことが、われわれの気持ちをまぎらせ、気分を変えてしまうのだ。われわれの気持ちをとらえるのは、ものごとの本質とは関係のない、表面的なことがらでしかない。

第５章「ウェルギリウスの詩句について」

モンテーニュは、老いの悲しみをまぎらすために、過ぎ去った青春時代の思い出にふける。だが、結石の発作は彼を苦しめ、精神の働きを弱くする。つづいてモンテーニュは、他の人たちも自分のことを包み隠すことなく、すすんで告白すべきであると述べる。ところで、ウェルギリウスは既婚の女神ウェヌスが興奮しきっている姿を描いたが、モンテーニュによると、実際の結婚生活とは、そんなに浮かれたものではない。結婚は子孫や家族のためにするものであり、そこでは親族関係や財産などが、相手の美しさよりも重んじられるべきなのだ。また、結婚という慎ましい関係においては、性的な交わりにも節度がなければならない。というのも、節度を欠いた欲望からは、嫉妬や羨望といった感情が生まれるからだ。恋愛については、モンテーニュは献身的で控えめなものが好ましいと考える。恋愛は相互関係を必要とする交わりであるから、自分が受けとる快楽よりも、相手に与える快楽のほうが、この交わりを楽しいものにする。とはいえ、恋愛は少年期に近い年頃の男女にふさわしい。壮年期へ向かうとともに、恋の季節は過ぎ去ってゆくのだ。

第６章「馬車について」

モンテーニュは乗り物酔いしやすい体質である。彼は、馬以外の乗り物に、長く乗ることができない。古代ローマの皇帝は、何頭もの珍しい動物に車を引かせて、盛大なパレードを行ったが、こうした贅沢さは国家に必要なものではない。金を使うのならば、

むしろ国内の防御や都市の美化に支出したほうが、はるかに有益であろう。国王は、公正かつ賢明なやり方で、国家の財産を使うべきなのだ。ところで、最近ヨーロッパ人たちが発見した新大陸は、都市の壮麗さや王宮の美しさにおいても、住民たちの美徳や利発さにおいても、ヨーロッパ世界に劣るものはいっさいなかった。だが、ヨーロッパ人の嘘と裏切りによって、多くの住民たちが命を奪われ、多くの都市が破壊された。新大陸の王たちは、勇敢で鷹揚な心をもち、尊敬に値する人物であった。彼らは、ヨーロッパ人に捕えられたのちも、毅然とした態度で拷問に耐え、高潔な国王にふさわしい最期をとげた。

第7章 「高貴な身分の不便さについて」

モンテーニュは、身分の高い人々に憧れたことがない。彼は自由でありたいから、支配することも、支配されることも嫌いなのだ。それに、とてつもない権力をもちながら、節度を保つのはむずかしいことだ。王侯たちはいつもお世辞ばかり聞かされているために、本当の称賛というものを知らない。彼らの欠点や悪徳は、つねに模倣の対象になる。たとえ王侯たちが美点や長所をそなえていたとしても、それらが人民の目に正しく映ることはないのだ。

第8章 「話し合いの方法について」

モンテーニュによれば、話し合うということは、われわれの精神を訓練するのに有効な方法である。手ごわい論敵との会話は、われわれの競争心を刺激し、われわれを実力以上に高めてくれる。だから、相手の反論や批判には、すすんで身を乗り出さなければならない。会話において大切なことは、自分の主張を押し通すことではなく、真理にたどり着くことである。そのためには、秩序立てて上手に話し、相手の発言に耳を傾けなければならない。身

分の高い人々は、話し合いにふさわしい人物ではない。というのも、彼らは有能な人間とされているから、自分の無知をさらけだしたり、相手に反駁されたりすることに慣れていないのだ。読書もまた、読み手が作品の価値を判断したり、著者の人柄を評価したりできるという点で、もうひとつの会話のかたちであると言えるだろう。

第９章「空しさについて」

自分のものよりも他人のものを喜び、動揺や変化を好むというのは、多くの人間に共通する性質である。こうした新奇さや未知への憧れは、モンテーニュを旅に駆り立てる動機のひとつである。彼はまた、家政や日々の厄介事から逃れるためにも、旅行に出かける。というのも、旅をしているときは、自分のことだけ考えていればいいからだ。さらには、フランスの内乱から逃れたいということも、モンテーニュが旅に出る理由である。そのほかにも、旅行は、生き方や考え方の多様性を知るための良い機会でもある。ところで、ある人々は、モンテーニュが結婚をして年をとっているのに、いまだに家族を残して旅に出ることを嘆く。だが、彼によると、夫婦の愛情はおたがいの不在によって、さらに深くなるはずだし、若者よりも老人のほうが、旅から多くを学ぶことができるのだ。それに、たとえ旅が空しい気晴らしにすぎないとしても、この世はすべて空しいものではないか。人生もまた旅のように、空しく、波乱に満ちた道のりなのだ。自己について書くということも、空しい行為なのかもしれない。だが、モンテーニュは、この行為のおかげで、彼自身の歩んだ人生を振り返ることができ、自分の道筋を踏みはずさないという利益を得たのだ。

第10章「自分の意志を節約することについて」

モンテーニュは、他人に奉仕することよりも、自分の義務を果た

すことのほうが大事だと考える。彼は、余計な仕事に身を投じて心の平静が乱されることを好まない。われわれは、世間のために役立とうとするあまり、自分のことを見失いがちである。だが、他人に自分を貸してやる必要はあっても、自分以外の人物に自分を与えるべきではない。われわれは、みずからの精神の自由をなによりも大切にしなければならないのだ。モンテーニュは、ボルドー市長という重要な役職においても、自分の私生活を犠牲にしてまで公務に尽くすということはしなかった。モンテーニュにとっては、市長と自分自身は別のものであり、はっきりと分けられていたのだ。ほとんどの人々は、個人的な感情や利害を追い求めるあまり、冷静さを失って、公私を混同してしまう。だが、みずからの精神の自由を保っている人は、自分の行為を客観的に判断することができる。われわれの行為を正しく裁くことのできるものは、自分の良心なのであり、けっして他人の意見ではないのだ。

第11章「足の悪い人について」

人間は、なんらかの出来事に直面すると、その原因を見つけることに没頭する。そして、われわれが理解できない出来事に関しては、でたらめな原因をでっち上げて、なんとか説明づけようとする。魔術や超能力などの存在が信じられるのは、こうした理由からである。モンテーニュは、魔女を断罪する裁判官たちに対して、はっきりとした証拠がないかぎりは、被告人を死刑にしてはならないと非難する。たんなる推測だけで一人の人間を殺すというのは、どれほどバランスを欠いた判決であることか。世の中の誤りの多くは、われわれが自分の無知を認めようとしないことから生じる。われわれは、自分の知らないことや、反駁できないことについては、たやすく信じてしまいがちだ。だが、超常現象の存在については、それを肯定も否定もせずに、判断を留保したほ

うがよい。ところで、「足の悪い人は、性的な交わりにおいて、多くの快楽をもたらしてくれる」という迷信をめぐっては、多くの学者たちが、いろいろな理由をこじつけて、これを証明しようとしてきた。この例からも分かるように、人間の精神は、きわめて融通無碍なものであり、あやふやな足取りで進んでゆくのだ。

第12章「容貌について」

われわれは、自分自身の考えよりも、他人の意見のほうを高く評価しようとする。そして、技巧をこらしたものを称賛し、単純で素朴なものを軽蔑しがちである。だが、人間はだれでも、自分で思っている以上に、豊かなものを持ちあわせている。われわれが安楽に生きるためには、学問で身を固める必要はないのだ。ところで、現在のフランスでは、長きにわたる内乱が、病毒のように国家全体をむしばみ、人々を悪事へと駆り立てている。さらに、フランスの各地では、ひどいペストが流行し、健康な人までもが、この病毒に侵されて死んだ。だが、こうした悲惨な状況にあっても、農民たちは、あらゆる不屈さの模範を示していた。彼らは、いかなる学問も知らないのに、どんな哲学者よりも強い精神力を発揮しながら、生まれもった自然な態度で死を受け入れるのであった。学問の教えは、ほとんどが空疎なものである。だが、自然の教えは、より確実で安全に、われわれを幸福へと導いてくれる。哲学者たちはわれわれに対して、つねに死を直視するように命じる。とはいえ、われわれの目指すところは、正しく生きることであって、死ぬことではない。たとえ死に方が分からなくても、そのときになれば、自然がきちんと教えてくれるのだ。ソクラテスが生涯の最期に述べた演説は、単純素朴でありながらも、きわめて気高く公正なものだった。彼こそは、崇高なる徳の模範であり、自然がもたらす純粋さと無知を体現していたのだ。だが、残念でならないのは、あれほどの美徳をそなえていたソク

ラテスが、その美しい魂に似つかわしくない、とてもぶざまな容貌をもっていたという点である。

第13章「経験について」

学問の目指すところは、現実の世界をとらえて、そこから法則や理論を導き出すことである。しかし、世界は多様性にあふれており、一般的な法則のなかに封じこめることはできない。そのため、多種多様な事例に合わせようとして、たくさんの規則が作られることになる。さらに、われわれの言語には、曖昧な表現がいくつも含まれているため、どんなに平易な言葉であっても、さまざまな解釈を招いてしまう。ところで、モンテーニュは、どんな学問よりも自分自身について研究する。彼は、自分の経験そのものから、自分を賢くしてくれるものを見いだそうとする。モンテーニュは、自分の弱さを認識したおかげで、謙虚さを身につけることができた。また、ふだんの生活習慣を守り続けたために、これまで健康を維持することができた。医者たちは、理論にもとづいて治療をおこなう。だが、各国にはそれぞれの生活様式があるし、われわれの体質もまた千差万別である。この点においても、学問は現実の世界をとらえることができないのだ。だから、医学の助けを必要とせずに、自然にしたがって生きようではないか。飲み食いや睡眠など、人間の本性にもとづく快楽については、追い求めてもいけないし、逃げてもいけない。哲学者たちは肉体を蔑視し、世俗的な快楽を退け、人間性を克服したところに真の幸福があると説く。しかし、モンテーニュによると、それはまちがいなのだ。生を授けてくださった方に感謝を捧げるためにも、われわれは人生を愛し、自然のめぐみを喜んで受けとらなければならない。われわれは、肉体と精神をうまく調和させることで、節度をもって快楽を味わうことができるのだ。結局のところ、人間として正しくふるまうことほど、美しいことはない。自

然にしたがって生きることほど、むずかしい学問はないのだ。われわれにとって、もっとも立派な生活とは、自分自身の存在を正しくとらえ、人間らしく生きることである。

モンテーニュ著、宮下志朗訳『エセー』（白水社）全7冊収録内容

『エセー1』　第一巻 第1～25章
『エセー2』　第一巻 第26～57章
『エセー3』　第二巻 第1～11章
『エセー4』　第二巻 第12章（「レーモン・スボンの弁護」）
『エセー5』　第二巻 第13～37章
『エセー6』　第三巻 第1～8章
『エセー7』　第三巻 第9～13章

かぎり、人間は哀れな状態のままなのだ。

* スペインの神学者（-1436）。バルセロナに生まれ、南仏のトゥールーズで神学・医学を講じた。彼の主著『自然神学、あるいは被造物の書』は、全330章からなるラテン語の作品であり、「人間的かつ自然な道理によって、キリスト教のすべての信仰箇条を確立し、立証して、無神論者に反駁する」ことを試みたものである。

第13章「他人の死について判断すること」

人間は自分に死ぬ時が訪れたとは、なかなか信じようとしないものだ。だから、実際に死の危険が迫っているのに、自分ではまだそう思っていない人を見て、落ち着きや決断力があると判断するのは、正しくない。同じように、自死を選んだ人々についても、それが突然の死だったのか、あるいは、時間のかかる死だったのかを、しっかりと区別する必要がある。

第14章「われわれの精神は、いかにそれ自体がじゃまになるか」

まったく同等の二つのものから、われわれの心がどちらかを選ぶことができるのは、どうしてなのか。ストア派によると、心のこうした動きは、外からの偶発的な衝動に由来するという。だが実は、われわれの前に現われるものには、たとえわずかであれ、なんらかの差異が必ずあって、そうした差異がわれわれの心を引きつけるのである。

第15章「われわれの欲望は、困難さによってつのること」

なにごとにおいても、困難さはものごとの価値を高める。われわれの欲望は、自分の手の中にあるものを軽蔑し、まだ持っていないものを追い求める。そして、われわれの手にすっかり委ねられると、軽蔑の心を生むことになる。

第16章「栄光について」

なぜ人々は、栄光ばかりを追い求めるのか。われわれの行為が世間に知れ渡り、人々から称賛されるのは、運命のしわざにすぎな

い。むしろ、われわれが求めるべき栄光とは、人生を静かに生きるということであろう。われわれは、自分が他人にどう見えているかということよりも、自分が自分自身にとってどんな人間であるかを気にするべきである。外見にもとづいた判断は、どれも不確かで疑わしい。だから、各人にとって、自分自身ほど確かな証人はいないのだ。

第17章「うぬぼれについて」

もうひとつの栄光といえば、うぬぼれであるが、これには二つの種類がある。すなわち、自分をあまりに高く評価することと、他人を十分に評価しないことである。モンテーニュはといえば、彼はいつも自分を低く評価しがちである。彼は、自分が書くものに満足しておらず、『エセー』が世間の称賛を受けるとは思っていない。また、器用さや敏捷さに欠けており、ものぐさで、自由気ままな性格であると言う。その反面で、うそや欺瞞が大嫌いであり、誠実さや正義ほど人間関係において大切なものはないと考えている。とはいえ、『エセー』を愛読し、モンテーニュの魅力を理解してくれる読者に、彼は出会うことができたのだ。その人物とは、マリー・ド・グルネー嬢であり*、モンテーニュは彼女と義理の娘のちぎりを結ぶことになる。

* グルネー嬢（1566-1645）は、20歳のときに『エセー』の愛読者となり、1588年にパリでモンテーニュに会った。彼女はモンテーニュの死後、『エセー』を編集して出版した（1595年）。

第18章「嘘をつくこと」

前章の内容に続くかたちで、モンテーニュはここで、自分について書くことを正当化しようとする。彼は、後世の人々に読み継がれるためではなく、ただ自分の肉親や友人たちを楽しませるために、『エセー』を書いているにすぎない。それに、たとえだれにも読んでもらえなくても、自分について書くという行為は、自分の生活に秩序を与え、自分の欠点を矯正するのに役立つのだ。

第19章「信教の自由について」

善良な意図でさえ、もしそれが節度なく導かれるならば、悲惨な結果を生みだしかねない。今日のフランスでは、たくさんの人が、自分たちの宗教に対する熱意と愛情から、不正で暴力的な行為に走っている。ところで、キリスト教がローマ帝国に広まった時代には、さまざまな迫害がなされたが、皇帝ユリアヌス*の場合は、その特殊なケースであろう。この皇帝は、キリスト教の敵対者であったものの、その手を血で汚すことはしなかった。彼は、あらゆる信教の自由を認めることで、人民の宗教的対立をさらに深め、キリスト教の勢力を弱めようとしたのだ。今日のフランスでも、信教の自由は国民の分裂を拡大させるとして、これに反対する考えがある。しかし、弾圧政策によって宗教的対立を鎮めることができないならば、寛容政策を推し進めるしかないのだ。

＊ ローマ皇帝（在位361–63）。古代哲学と新プラトン主義に傾倒し、異教に転向したために、「背教者」とよばれた。

第20章「われわれはなにも純粋には味わわない」

われわれが味わう快楽や善には、なんらかの不快や悪がまじっている。快楽の極致に達している人は、うめいているようにも見える。幸福も度をこえると苦痛になるし、あまりに笑いすぎると最後には涙がでてくる。法律についても、いくらかの不正義がまじらないかぎりは、存続することができないのだ。

第21章「なまけ者に反対する」

古代ローマの皇帝たちは、瀕死の状態にあっても、重要な職務をこなしていた。これこそ模範的な君主のふるまいであろう。というのも、国王がなまけているのを見れば、臣下はうんざりして、主君の身を守ろうという気持ちも失せてしまうからだ。

第22章「宿駅について」

古代の君主たちは、できるだけ早く手紙を届けるために、さまざまな方法を考え出した。

第23章「よい目的のために、悪い手段を使うこと」

自然のさまざまな部分には、驚くべき関連や照応が見られる。国家も、われわれの肉体と同じように、病気や老化をまぬがれることができない。そのため、下剤や瀉血と同じような治療法が、国家に用いられることがある。ローマ人たちは、人口の膨張をくいとめるために、植民地を作ったり、わざと戦争を起こしたりした。また、国民の不満をそらすために、対外戦争をしかける国家もある。このように、人間は弱い存在であるため、しばしば、よい目的のために悪い手段を用いざるをえないのだ。

第24章「ローマの偉大さについて」

ローマ人たちは昔から、自分たちが征服した王に、その王国をそのまま支配させておくことを習わしとしていた。そうした気前のよさは、現代の君主たちにはまったく見受けられない。

第25章「仮病などは使わないこと」

病気のふりをしたせいで、本当に病気になってしまった、という逸話はいくつもある。ところで、精神的な病気、つまり悪徳については、われわれの内面的な欠陥に由来している。それなのに、われわれは病気の原因が自分にあるとは思っておらず、いつも周囲のせいにしているのだ。もしもこうした悪徳を早くから治療したいのならば、「哲学」という薬を服用して、自分について反省すべきであろう。

第26章「親指について」

親指はもっとも重要な役割を果たす指である。ローマでは、親指を用いたさまざまな習わしがあった。

第27章「臆病は残酷の母」

現代の争いでは、はじめから敵を殺すことしか問題にしない。だが、相手を死なせてしまうのは、将来の反撃を避けることにはなっても、けっして過去の攻撃に対する仕返しにはならない。それは臆病さの行為にすぎないのだ。また、個人的な決闘において、複数の立会人を同行させるという現代の習慣も、臆病さに由来するものである。自分の名誉を守るための決闘に、他人の勇気や命を巻きぞえにするのは、卑劣なふるまいであろう。残酷さは復讐を恐れるものだから、いったん残酷な行為がおこなわれると、復讐に対する恐怖を押し殺すために、さらに残酷な行為が生じることになる。さらに暴君たちは、殺すことと、自分の怒りを思い知らせることを、両方ともいっしょに果たそうとして、いろいろな拷問を考えだした。

第28章「なにごとにも季節がある」

「若い者は準備をし、老いた者はそれを楽しむである」と、賢者たちはいっている。いつまでも学び続けるのはいいけれども、老人になっても若者と同じように学ぶのはいけない。われわれは、それぞれの状態にふさわしい勉強をするべきなのだ。

第29章「徳について」

精神の突発的な興奮状態と、いつもの落ち着いた状態とのあいだには、大きな違いがある。われわれは、他人に刺激されて、自分の精神を通常よりもはるかに高く飛躍させるときがある。したがって、ある人間を正しく判断するには、まずは彼のふだんの行

動を調べて、日常のなにげない姿をとらえなければならない。

第30章「ある奇形児について」

われわれが奇形とよぶものは、神にとっては奇形ではない。神の絶対的な英知からは、善良なもの、ふつうのもの、規則正しいものしか生じない。神はご自身がお造りになったすべてのものに、完全な秩序があるのを見ておられる。けれども、われわれ人間には、そうした被造物の調和や関連が見えないのだ。

第31章「怒りについて」

怒りという感情ほど、健全な判断をかき乱すものはない。父親や教師たちは、怒りに駆られて子どもを叱るようなことをしてはならない。怒りはときに勇気や武勇の手段にもなりうる。だが、使い方をわきまえていないと、われわれ自身が怒りに飲みこまれて、節度を失ってしまうことになる。

第32章「セネカとプルタルコスを弁護する」

モンテーニュはまず、セネカを偽善者扱いする宗教改革派の人々に異議をとなえる。また、プルタルコスを非難する歴史家たちにも反論を投げかける。プルタルコスは信じられない話を書くと評されているが、人間の精神はときに能力の限界を超えて、信じがたいことを可能にしてしまうことがある。したがって、可能なことや不可能なことを、われわれの良識だけで判断するのは、大きな誤りなのだ。

第33章「スプリナの物語」

理性は、われわれの欲望を押さえつけようとするあまり、自分の魅力や利点さえも憎んでしまうときがある。かつて、トスカナの若者スプリナは、この上ない美貌に恵まれていたが、自分の美し

さが人々の欲望をかき立てることに我慢できなくなり、ついには自分の顔をずたずたに切り裂いてしまった。だがスプリナは、正しいふるまいによって自分の美しさを引き立たせたほうが、どれほど賢明であったことか。極端な行為よりも、節度ある行為のほうに、いっそう多くの美徳が見られるのだ。

第34章「ユリウス・カエサルの戦い方について考える」

カエサルこそは、あらゆる武人のモデルというべき人物である。彼は兵士たちに対して、とにかく単純に服従することを命じていた。彼の演説は、兵士たちから高く評価されていた。アレクサンドロス大王が短気で怒りっぽかったのに対して、カエサルは慎重で思慮深い性格であった。また、戦いの指揮官として、兵士たちからこれほど信頼された人物もいなかった。

第35章「三人の良妻について」

たいていの妻たちは、夫に対する愛情を隠しておき、夫が死んだあとで人に見せようとする。だが、これでは手遅れの愛情であり、夫を死んでからしか愛さないと言っているようなものだ。三人の妻たち（ある北イタリアの女、カエキンナ・パエトゥスの妻アッリア、セネカの嫁ポンペイア・パウリナ）は、死にゆく夫に親切と愛情のかぎりをつくし、夫とともに自死をとげた。

第36章「もっとも傑出した男たちについて」

この章では、ホメロス、アレクサンドロス大王、エパメイノンダス*の三人が、優れた男性として挙げられる。ホメロスは、盲目で貧しかったものの、学識や技巧の面で、あらゆる詩人たちを超えていた。彼は、だれの模倣もせずに、まったく一人で力強い言葉を作りだした。アレクサンドロス大王は、半生のあいだに未曽有の世界征服をなしとげ、33歳の若さで死去した。エパメイノン

ダスは、野心にかき立てられることなく、英知と理性によって国政にたずさわった。彼は、人格と良心において、あらゆる武将たちを凌駕しており、敵たちにも思いやりをもつ人物であった。

＊ 古代ギリシアのテーベの将軍・政治家（？－前362）。

第37章「子供が父親と似ることについて」

モンテーニュは、はじめて『エセー』を発表したころから、父親譲りの腎臓結石の発作に苦しむようになった。だが、この病気のおかげで、彼は苦痛に慣れ親しみ、死の恐怖を和らげることができるようになった。また、医学に対するモンテーニュの反感も、彼の父親から受け継いだものである。医者たちは、自分の評判のほうが患者のことよりも大事だと思っている。彼らは、患者の体質、病気の要因、薬剤の処方などを、きちんと調べ上げないために、しばしば危険なミスを冒す。むずかしい病気については、これまで医者たちの意見が一致したことがない。医学の根拠はこんなにも薄弱なのだから、むしろ自然の欲求に導かれるままに生き、わが身を死にゆだねるべきであろう。われわれが医学を盲信するのは、死と苦痛を恐れるからであり、病気に耐えられずに、とにかく治りたいと渇望するからなのだ。

第三巻

第1章 「役立つことと正しいことについて」

正しいものだけが、国家の統治に役立つとはかぎらない。公共の利益のためには、裏切りや嘘はもちろん、殺人さえも求められるときがある。モンテーニュは、みずからの良心や理性に忠実でありたいから、できるだけ公務から距離を置こうとする。いくら公共の利益のためとはいえ、個人の利益をないがしろにするのは賢明ではない。エパメイノンダスは、公務においても個人的な義務を尊重したという点で、もっとも優れた武将に値する。彼は、打ち負かした相手をけっして殺さなかったし、国家の利益のために友人や肉親を裏切るようなこともしなかった。

第2章 「後悔について」

モンテーニュが『エセー』で語っているのは、推移する自分の姿である。彼の記述は、しばしば矛盾することもあるが、けっして真実に反することを述べているわけではない。それに、われわれはだれでも、人間としての特性をそなえているのだから、彼の自己描写は、他の人々にも役立つはずである。おそらくモンテーニュ以上に、自分という素材を深く観察し、その細部まで論じた人物はいないであろう。彼は、自分の内面に規範をもうけ、それをもとに自分の行為を裁く。現代のような腐敗した時代において、他人からの評価を行為の指針にするのは、とりわけ危険なことである。モンテーニュはめったに後悔することがない。というのも、われわれの行為は、われわれ自身の性質や状況に合致したものであり、それ以上のことはできないからだ。それに、われわれの行為が成功するかどうかは、そのタイミングや周囲の状況に

もかかっている。たとえ行為が望みどおりの結果にならなかったとしても、それは仕方のないことで、自分を責めるべきではない。むしろ責めるべきは自分の運であって、これは後悔とよべるものではない。だからモンテーニュは、過去を悔やみもしないし、未来を恐れもしない。彼としては、老いてゆく自分の姿を、最後の瞬間まで読者に見せることができれば、それで満足なのだ。

第３章 「三つの交際について」

モンテーニュが親しく交わりたいと思う人々は、誠実で判断力の優れた人間たちである。というのも、そうした人々は、どんな話題についても語ることができるし、彼らの会話には、つねに優雅さと適切さが見られるからだ。また、美しく貞淑な女性たちとの交際も、モンテーニュにとっては楽しいものである。ただし、愛情や忠実さがなければ、この交際から喜びを手に入れることはできない。この二つの交わりは、偶然によるところが大きいし、相手に左右されやすい。だが、書物との交際は、はるかに確実で自由なものである。書物は、どこでも好きなところで読むことができるし、どんなときでもモンテーニュを慰めてくれる。彼は自邸の図書館で、読書にふけったり、『エセー』を書いたりしながら、一日の大半を過ごしている。以上の三つの交わりが、モンテーニュの好む個人的な営みなのだ。

第４章 「気持ちを転じることについて」

悲しみに打ちひしがれた人を慰めるには、つらい出来事について話し合うよりも、むしろ話題をそらして、なにか別の話題で気をまぎらせてあげたほうがよい。このように、気分転換に訴えるという方法は、いろんなところで役に立つ。相手の注意をそらして敵をかわしたりするのも、同じような方法であろう。われわれは、死の恐怖から目をそむけるために、子供の出世や一家の名誉

など、いつも別のことを考えて生きている。ほんの些細なことが、われわれの気持ちをまぎらせ、気分を変えてしまうのだ。われわれの気持ちをとらえるのは、ものごとの本質とは関係のない、表面的なことがらでしかない。

第5章 「ウェルギリウスの詩句について」

モンテーニュは、老いの悲しみをまぎらすために、過ぎ去った青春時代の思い出にふける。だが、結石の発作は彼を苦しめ、精神の働きを弱くする。つづいてモンテーニュは、他の人たちも自分のことを包み隠すことなく、すすんで告白すべきであると述べる。ところで、ウェルギリウスは既婚の女神ウェヌスが興奮しきっている姿を描いたが、モンテーニュによると、実際の結婚生活とは、そんなに浮かれたものではない。結婚は子孫や家族のためにするものであり、そこでは親族関係や財産などが、相手の美しさよりも重んじられるべきなのだ。また、結婚という慎ましい関係においては、性的な交わりにも節度がなければならない。というのも、節度を欠いた欲望からは、嫉妬や羨望といった感情が生まれるからだ。恋愛については、モンテーニュは献身的で控えめなものが好ましいと考える。恋愛は相互関係を必要とする交わりであるから、自分が受けとる快楽よりも、相手に与える快楽のほうが、この交わりを楽しいものにする。とはいえ、恋愛は少年期に近い年頃の男女にふさわしい。壮年期へ向かうとともに、恋の季節は過ぎ去ってゆくのだ。

第6章 「馬車について」

モンテーニュは乗り物酔いしやすい体質である。彼は、馬以外の乗り物に、長く乗ることができない。古代ローマの皇帝は、何頭もの珍しい動物に車を引かせて、盛大なパレードを行ったが、こうした贅沢さは国家に必要なものではない。金を使うのならば、

むしろ国内の防御や都市の美化に支出したほうが、はるかに有益であろう。国王は、公正かつ賢明なやり方で、国家の財産を使うべきなのだ。ところで、最近ヨーロッパ人たちが発見した新大陸は、都市の壮麗さや王宮の美しさにおいても、住民たちの美徳や利発さにおいても、ヨーロッパ世界に劣るものはいっさいなかった。だが、ヨーロッパ人の嘘と裏切りによって、多くの住民たちが命を奪われ、多くの都市が破壊された。新大陸の王たちは、勇敢で鷹揚な心をもち、尊敬に値する人物であった。彼らは、ヨーロッパ人に捕えられたのちも、毅然とした態度で拷問に耐え、高潔な国王にふさわしい最期をとげた。

第７章　「高貴な身分の不便さについて」

モンテーニュは、身分の高い人々に憧れたことがない。彼は自由でありたいから、支配することも、支配されることも嫌いなのだ。それに、とてつもない権力をもちながら、節度を保つのはむずかしいことだ。王侯たちはいつもお世辞ばかり聞かされているために、本当の称賛というものを知らない。彼らの欠点や悪徳は、つねに模倣の対象になる。たとえ王侯たちが美点や長所をそなえていたとしても、それらが人民の目に正しく映ることはないのだ。

第８章　「話し合いの方法について」

モンテーニュによれば、話し合うということは、われわれの精神を訓練するのに有効な方法である。手ごわい論敵との会話は、われわれの競争心を刺激し、われわれを実力以上に高めてくれる。だから、相手の反論や批判には、すすんで身を乗り出さなければならない。会話において大切なことは、自分の主張を押し通すことではなく、真理にたどり着くことである。そのためには、秩序立てて上手に話し、相手の発言に耳を傾けなければならない。身

分の高い人々は、話し合いにふさわしい人物ではない。というのも、彼らは有能な人間とされているから、自分の無知をさらけだしたり、相手に反駁されたりすることに慣れていないのだ。読書もまた、読み手が作品の価値を判断したり、著者の人柄を評価したりできるという点で、もうひとつの会話のかたちであると言えるだろう。

第９章「空しさについて」

自分のものよりも他人のものを喜び、動揺や変化を好むというのは、多くの人間に共通する性質である。こうした新奇さや未知への憧れは、モンテーニュを旅に駆り立てる動機のひとつである。彼はまた、家政や日々の厄介事から逃れるためにも、旅行に出かける。というのも、旅をしているときは、自分のことだけ考えていればいいからだ。さらには、フランスの内乱から逃れたいということも、モンテーニュが旅に出る理由である。そのほかにも、旅行は、生き方や考え方の多様性を知るための良い機会でもある。ところで、ある人々は、モンテーニュが結婚をして年をとっているのに、いまだに家族を残して旅に出ることを嘆く。だが、彼によると、夫婦の愛情はおたがいの不在によって、さらに深くなるはずだし、若者よりも老人のほうが、旅から多くを学ぶことができるのだ。それに、たとえ旅が空しい気晴らしにすぎないとしても、この世はすべて空しいものではないか。人生もまた旅のように、空しく、波乱に満ちた道のりなのだ。自己について書くということも、空しい行為なのかもしれない。だが、モンテーニュは、この行為のおかげで、彼自身の歩んだ人生を振り返ることができ、自分の道筋を踏みはずさないという利益を得たのだ。

第10章「自分の意志を節約することについて」

モンテーニュは、他人に奉仕することよりも、自分の義務を果た

すことのほうが大事だと考える。彼は、余計な仕事に身を投じて心の平静が乱されることを好まない。われわれは、世間のために役立とうとするあまり、自分のことを見失いがちである。だが、他人に自分を貸してやる必要はあっても、自分以外の人物に自分を与えるべきではない。われわれは、みずからの精神の自由をなによりも大切にしなければならないのだ。モンテーニュは、ボルドー市長という重要な役職においても、自分の私生活を犠牲にしてまで公務に尽くすということはしなかった。モンテーニュにとっては、市長と自分自身は別のものであり、はっきりと分けられていたのだ。ほとんどの人々は、個人的な感情や利害を追い求めるあまり、冷静さを失って、公私を混同してしまう。だが、みずからの精神の自由を保っている人は、自分の行為を客観的に判断することができる。われわれの行為を正しく裁くことのできるものは、自分の良心なのであり、けっして他人の意見ではないのだ。

第11章「足の悪い人について」

人間は、なんらかの出来事に直面すると、その原因を見つけることに没頭する。そして、われわれが理解できない出来事に関しては、でたらめな原因をでっち上げて、なんとか説明づけようとする。魔術や超能力などの存在が信じられるのは、こうした理由からである。モンテーニュは、魔女を断罪する裁判官たちに対して、はっきりとした証拠がないかぎりは、被告人を死刑にしてはならないと非難する。たんなる推測だけで一人の人間を殺すというのは、どれほどバランスを欠いた判決であることか。世の中の誤りの多くは、われわれが自分の無知を認めようとしないことから生じる。われわれは、自分の知らないことや、反駁できないことについては、たやすく信じてしまいがちだ。だが、超常現象の存在については、それを肯定も否定もせずに、判断を留保したほ

うがよい。ところで、「足の悪い人は、性的な交わりにおいて、多くの快楽をもたらしてくれる」という迷信をめぐっては、多くの学者たちが、いろいろな理由をこじつけて、これを証明しようとしてきた。この例からも分かるように、人間の精神は、きわめて融通無碍なものであり、あやふやな足取りで進んでゆくのだ。

第12章「容貌について」

われわれは、自分自身の考えよりも、他人の意見のほうを高く評価しようとする。そして、技巧をこらしたものを称賛し、単純で素朴なものを軽蔑しがちである。だが、人間はだれでも、自分で思っている以上に、豊かなものを持ちあわせている。われわれが安楽に生きるためには、学問で身を固める必要はないのだ。ところで、現在のフランスでは、長きにわたる内乱が、病毒のように国家全体をむしばみ、人々を悪事へと駆り立てている。さらに、フランスの各地では、ひどいペストが流行し、健康な人までもが、この病毒に侵されて死んだ。だが、こうした悲惨な状況にあっても、農民たちは、あらゆる不屈さの模範を示していた。彼らは、いかなる学問も知らないのに、どんな哲学者よりも強い精神力を発揮しながら、生まれもった自然な態度で死を受け入れるのであった。学問の教えは、ほとんどが空疎なものである。だが、自然の教えは、より確実で安全に、われわれを幸福へと導いてくれる。哲学者たちはわれわれに対して、つねに死を直視するように命じる。とはいえ、われわれの目指すところは、正しく生きることであって、死ぬことではない。たとえ死に方が分からなくても、そのときになれば、自然がきちんと教えてくれるのだ。ソクラテスが生涯の最期に述べた演説は、単純素朴でありながらも、きわめて気高く公正なものだった。彼こそは、崇高なる徳の模範であり、自然がもたらす純粋さと無知を体現していたのだ。だが、残念でならないのは、あれほどの美徳をそなえていたソク

ラテスが、その美しい魂に似つかわしくない、とてもぶざまな容貌をもっていたという点である。

第13章「経験について」

学問の目指すところは、現実の世界をとらえて、そこから法則や理論を導き出すことである。しかし、世界は多様性にあふれており、一般的な法則のなかに封じこめることはできない。そのため、多種多様な事例に合わせようとして、たくさんの規則が作られることになる。さらに、われわれの言語には、曖昧な表現がいくつも含まれているため、どんなに平易な言葉であっても、さまざまな解釈を招いてしまう。ところで、モンテーニュは、どんな学問よりも自分自身について研究する。彼は、自分の経験そのものから、自分を賢くしてくれるものを見いだそうとする。モンテーニュは、自分の弱さを認識したおかげで、謙虚さを身につけることができた。また、ふだんの生活習慣を守り続けたために、これまで健康を維持することができた。医者たちは、理論にもとづいて治療をおこなう。だが、各国にはそれぞれの生活様式があるし、われわれの体質もまた千差万別である。この点においても、学問は現実の世界をとらえることができないのだ。だから、医学の助けを必要とせずに、自然にしたがって生きようではないか。飲み食いや睡眠など、人間の本性にもとづく快楽については、追い求めてもいけないし、逃げてもいけない。哲学者たちは肉体を蔑視し、世俗的な快楽を退け、人間性を克服したところに真の幸福があると説く。しかし、モンテーニュによると、それはまちがいなのだ。生を授けてくださった方に感謝を捧げるためにも、われわれは人生を愛し、自然のめぐみを喜んで受けとらなければならない。われわれは、肉体と精神をうまく調和させることで、節度をもって快楽を味わうことができるのだ。結局のところ、人間として正しくふるまうことほど、美しいことはない。自

第二部
要約篇

Les Essais

モンテーニュ

『エセー』要約

第一巻

第1章 「人は異なる手段で、同じような目的に到達する」

復讐心にかられた人々の気持ちをやわらげるための、もっとも一般的な方法といえば、彼らの同情や憐れみに訴えかけることである。ところが、それとは反対に、勇敢さや毅然とした態度を見せることで、相手の心を動かすことができる場合もある。そのため、人間について一定不変の判断を立てることはむずかしい。

第2章 「悲しみについて」

悲しみにはさまざまな表現方法がある。だが、悲しみが極度に達すると、魂そのものが大いに驚愕してしまい、自由な身動きがさまたげられる。あまりにも激しい情念は、心と身体を強くとらえるあまり、人々を死にいたらしめることもある。

第3章 「われわれの情念は、われわれの先へと運ばれてゆく」

人間は、未来のことや死後のことばかり気にかけて、現在のことに目を向けようとしない。それは恐怖、欲望、希望といった情念が、われわれを未来のほうへと追いやり、現在の自分についての考察を奪いとるからである。

第4章 「本当の目的がないときには、魂はその情念を、いつわり対象に向かってぶちまけること」

魂にはつねに、立ち向かうべき目標を定めてやる必要がある。

われわれは不幸に見舞われると、感情のはけ口を見つけようとして、どんな理由でもでっちあげる。なかでも、神や運命に対して怒りを向ける人々は、不敬の念をいだいているだけでなく、あらゆる狂気を越えている。

第５章 「包囲された砦の司令官は、そこから出て交渉すべきなのか」

武勇の名にふさわしい勝利とは、正々堂々たる戦いによって手にするものである。現代では、あらゆる奇策が平気で用いられているために、「包囲された砦の司令官は、けっして談判のために砦から出るべきではない」と言われている。けれども、敵の言うなりに砦を出たことで、かえって得をした武人たちもいる。

第６章 「交渉のときは危険な時間」

（前章に続いて）とはいえ、戦争では相手の誠実さをたやすく信じてはならない。和議の最中に敵から奇襲を受けたという例や、談判のために砦を離れたすきに攻略されたという例もあるからだ。だが、策略や時の運ではなく、武力によって相手に勝つことだけが、本当の勝利なのだ。

第７章 「われわれの行動は、その意図によって判断される」

人間の行為が実現できるかどうかは、本人の能力ではどうにもならない部分がある。したがって、われわれの行為は、その結果や状態ではなく、われわれの意図によって判断されるべきである。

第８章 「暇であることについて」

精神は定まった目標をもたないと、あちこちにさまようだけである。官職を退いたモンテーニュは、故郷での隠遁生活において、みずからの精神がさまざまな夢想を生み出すことに気づき、

それらを書きとどめておくことにした。

第9章「**うそつきについて**」

記憶力に自信のない人は、うそをついてはならない。というのも、記憶力が確かでないと、作り話のつじつまが合わなくなり、うそがばれてしまうからだ。また、われわれの社会は言葉による信頼関係で成り立っているのだから、うそは重大な悪徳として咎(とが)められるべきである。

第10章「**口のはやさと口のおそさについて**」

弁舌のプロには説教師と弁護士がいるが、前者には精神の迅速な人が、後者には精神の緩慢な人が向いている。迅速な精神は機知(エスプリ)の特質であり、緩慢な精神は判断力(ジュジュマン)の特質である。

第11章「**さまざまな予言について**」

古代に流行したさまざまな予言や占いが、現代でも依然として残っている。このことは、われわれがどれほど未来のことに心を奪われているかを物語っている。しかし、多くの予言は見当はずれで、まったく根拠のないものだ。

第12章「**揺るぎなさについて**」

揺るぎない精神とは、あえて不幸や災難に立ち向かうことではなく、避けようのない災難をじっと耐え忍ぶことである。古代の思想家たちも、人間は心の乱れをまぬがれることができないと説いており、情念をしりぞけるよりも、むしろそれを上手に緩和することを勧めている。

第13章「**国王たちの会談における礼儀**」

偉い人がこちらを訪ねて来るとき、相手を迎えに行くのと自宅で

待っているのでは、どちらが礼儀にかなっているのだろうか。それぞれの国や職業にはそれぞれの礼儀作法があり、そうした礼儀の知識は、人づきあいや親交において大切なものである。とはいえ、あまりに礼儀が正しすぎると、かえって失礼になることもある。

第14章「理由なしに砦にしがみついて、罰せられること」

美徳も限度を越えると悪徳になってしまう。勇気の節度をわきまえない者は、無謀さや強情さにおちいりやすい。そのことから、とうてい支えきれない砦を執拗に守ろうとする人々を、ときには死刑に処してもよいとする兵法上の習慣が生じた。だが、砦が強いか弱いかの判定は、それを攻撃する兵力との比較によって決まるものである。

第15章「臆病を罰することについて」

あやまちには、われわれの弱さに由来するものと、悪意に由来するものがある。そのため、自分の良心に反しておこなわれたことしか咎（とが）めてはならない、と考える人が多い。ただし、ふつうの限度を越えた臆病さについては、悪意や邪心が十分にあるものとみなして、しかるべき罰を与えるのが当然であろう。

第16章「何人かの使節たちのふるまいについて」

世間には、評判を得ようとして、他人の仕事のことを話したがる人が多い。しかし、どんな専門家であれ、自分が熟知していることだけを語るべきである。使節や大使は、自分が見聞きしたことがらを報告するにとどめて、その選択や判断については、主君にまかせたほうがよい。とはいえ、使節たちの職務には、主君に代わって自分で判断や命令を下さなければならないものもある。

第17章「恐怖について」

恐怖はその激しさにおいて、他のいかなる感情を越えるものである。恐怖は、われわれの判断を狂わせたり、身体や心の動きをさまたげたりするだけでなく、まったく予期していない行動へとわれわれを駆り立てることもある。さらにギリシア人は、「パニック」とよばれる、天からの衝撃によって生じる集団的恐怖の存在を認めている。

第18章「われわれの幸福は、死後でなければ判断してはならない」

死こそはもっとも重要な瞬間であり、生涯のすべての日々を裁く瞬間である。だれでも人生の最後の日がすぎないうちは、けっして幸福だったなどとは言えない。同じように、最後の死にざまによって、全生涯の評判を良くした人もいれば、あるいは逆に悪くした人もいる。

第19章「哲学することとは、死に方を学ぶこと」

人生の目標が快楽や喜びであるのなら、死をおそれずに生きるにはどうしたらよいのか。死に対する民衆の対処法は、それについて考えないことである。だが、死がどこでわれわれに襲いかかるのか分からないのだから、たえず死について考え、死に慣れ親しむべきであろう。われわれは、いつでも死を迎える心構えをしておかなければならない。長生きしようが、短く生きようが、死んでしまえば同じことだ。人生の有用性は、その長さにではなく、その使い方にあるのだ。

第20章「想像力について」

強烈な想像力は、われわれの判断力を狂わせたり、感覚や身体に変調をもたらしたりする。奇跡や幻覚や魔法といった超常現象を信じる心情も、もっぱら想像力に由来している。想像力は精神を

介して身体に影響をおよぼすため、この働きを利用した偽薬や治療法もあるほどだ。しかも想像力は、自分の身体だけでなく、他人の身体に働きかけることもある。

第21章「一方の得が、他方の損になる」

葬儀屋が人の不幸で利益を得ているからといって、そのことを非難してはいけない。なにごとも一方が損をすれば、他方がもうかるのであり、医者は患者の病気のおかげで、農民は麦の価格の上昇のおかげで、それぞれの商売が成り立つのだ。これこそが自然の普遍的な秩序なのであり、哲学者たちも、あらゆる事物の成長や増加は、他の事物の変質や腐敗であると言っている。

第22章「習慣について。容認されている法律を安易に変えないことについて」

習慣は、われわれのなかに少しずつ権力の足場を築き上げて、自然と同じくらい強力なものになる。そして人間の感覚や判断力を鈍磨させるばかりか、人間の精神のなかに悪徳さえも植えつける。世界各国には奇妙な習慣や決まりがいくつも存在する。習慣が生みだしたもので、人間の理性にそぐわないものはいっさいないのだ。しかし、いったん容認された法律を変えるとなると、国家の秩序が揺らぐおそれがある。宗教であれ政治であれ、国家の平和を維持するためには、安易な変革を避けるべきであろう。

第23章「同じ意図から異なる結果になること」

さまざまな暗殺未遂事件が物語るように、人間の英知とは、空しくあさはかなものにすぎない。どんなに考えをめぐらし、十分な注意を払ったとしても、つねに運命が出来事の結果を左右しているのだ。さらには、医術や芸術や軍事作戦など、数多くの技術においても、運命が大きな役割を果たしている。

第24章「教師ぶることについて」

われわれの教育方法は、ひたすら知識を頭に詰めこむことに偏（かたよ）りがちで、判断力や徳の育成については問題にしない。このようなやり方では、いくら物知りにはなれても、少しも賢くなることはない。理想の教育とは、生徒が知識を糧にして、みずからの精神の働きを改善し、健全な判断力を作り上げることである。知識の使い方を知らない者がそれを手にすると、かえって本人に害をおよぼす危険がある。したがって、学識よりも判断力のほうが大切なのだ。

第25章「子供たちの教育について」

教育の目的は、子供の内面を豊かにして、知性や判断力のある人間に育てることである。そのため、教師を選ぶときには、学識よりも人格や知性を重視したうえで、「いっぱい詰まった頭よりは、むしろ、よくできた頭の持ち主」を選んだほうがよい。なかでも人々との交際や外国への旅行は、子供の知性や判断力を磨くのに、もっとも適している。というのも、異国の風習や諸民族の気質にふれあうことで、さまざまな考え方を知り、柔軟な判断力を身につけることができるからだ。また、子供の精神を鍛えるだけでは十分ではなく、同時に肉体も鍛えてやり、勇敢な人間に育てることも大切だ。こうした教育は、きびしさのこもったやさしさにより、進められなければならない。体罰や暴力による教育は、子供の本性を歪め、うそや邪心へと誘いこむだけである。教育において肝心なのは、子供の学習意欲をそそることなのだ。

第26章「真偽の判断を、われわれの能力に委ねるのは愚かである」

容易に信じやすいということが、無知や単純さのあらわれだとすれば、それとは反対に、なかなか信じないということは、傲慢さのあらわれであろう。というのも、ある出来事を偽りだとか、不

可能だとか決めつけてしまうのは、われわれの尺度によって世界をおしはかり、神の知恵や能力に限界をもうけることにほかならないからだ。

第27章「友情について」

モンテーニュとエチエンヌ・ド・ラ・ボエシー*を結びつけた友情は、家族や恋人同士のつながりとは比べようのない、きわめて特別なものだった。二人の出会いには運命的な力が働いており、おたがいの魂が見事なほどに溶け合い、渾然一体となっていた。ラ・ボエシーが死んでからというもの、モンテーニュは、自分が半分になったかのような喪失感をずっと抱いている。モンテーニュはこの章で、ラ・ボエシーの『自発的隷属論』の全文を掲げるつもりであった。しかし、この著作が第三者の手によって公表されたために、**ここに掲載するのを取りやめた。

* フランスの司法官・ユマニスト（1530-63）。モンテーニュがボルドー高等法院に勤務していたときの同僚だった。

**『自発的隷属論』は、ラ・ボエシーの18歳頃の著作とされている。この著作において、ラ・ボエシーは暴政を批判し、あらゆる権力は人民の同意を基盤としなければならないと主張した。しかし、この著書はのちに改革派の論拠として利用され、その断片が『フランスとその隣人たちの目覚まし時計』（1574）に、その全文が『シャルル九世治下のフランス覚書集』（1577）に収められ、新教徒によるヴァロア王朝攻撃の文書と並べられた。

第28章「エチエンヌ・ド・ラ・ボエシーによる二九篇のソネット」

この章では、ラ・ボエシーによる二九篇の恋愛詩が掲げられていた。しかし、モンテーニュが晩年にこれらを削除したため、1595年版以降の『エセー』では掲載されていない。

第29章「節度について」

なにごとにも節度がなければならない。徳の行き過ぎは悪徳になる。哲学に深入りしすぎると、世の中の規範や人間的な快楽を軽蔑し、かえって不徳になってしまう。夫婦間の性的な営みについても、いかにそれが正当な快楽であろうと、度を越えて無節制に

ふければ、淫蕩だと非難されるしかない。

第 30 章「**人食い人種について**」

新大陸の発見は、世界の広がりや文化の多様性に対する認識を深めた。この大陸の原住民たちは、われわれと同じ習慣や文明をもたないものの、固有の宗教や政治体制をもっており、自然の法則にそって暮らしている。だが、自分たちの習慣にないものを、たやすく野蛮などと非難すべきではない。われわれは彼らに人食いの習慣があることを知って驚くが、彼らもまた、われわれの社会にはびこる貧富の差を目にして驚くのである。

第 31 章「**神の命令に口出しして判断するのは、慎重にしなくてはいけない**」

占い師や予言者など、神の意図を解釈して詮索する連中は、人々の無知や信じやすさにつけこむぺてん師でしかない。キリスト教徒たるものは、すべてが神に由来すると信じたうえで、神のはかり知れない英知に感謝しながら、それらを受け取るだけでよいのだ。

第 32 章「**命を犠牲にして、快楽から逃れること**」

古代の多くの人は、「もはや人生に幸福が望めないのなら、死ぬべき時が来たのであり、つらい思いで生きるよりは、生きないほうがいい」と説いた。しかし、それとは反対に、「快楽や虚栄にあふれた人生を送るくらいなら、むしろ死んだほうがましだ」と考えた人々もいた。

第 33 章「**運命はしばしば、理性とともに歩む**」

運命のいたずらは、さまざまな出来事に介入するが、ときに正義の働きを見せることがある。また、運命がわれわれの技巧を越え

て、奇跡的な結果をもたらすときもある。さらに運命は、出来事を正しい結末へと導くという点で、しばしば人間の意図や知恵をしのいでいる。

第34章「われわれの行政の欠陥について」

かつてモンテーニュの父親は、人々がおたがいの要望を伝えて助け合えるように、相談所のようなものを作りたいと考えていた。というのも、私たちの社会では、人々がなにかを求め合っているのに、おたがいにそれを知らないために、だれもが困っているからだ。モンテーニュの父親は、家政においても優れた人物であり、家事の帳簿を使用人にあずけて、そこに家計の収入・支出だけでなく、一家の日々の出来事までも書き留めさせていた。

第35章「服の着用という習慣について」

習慣はいたるところで自然の法則をさまたげるが、とりわけそれが顕著なのは、服の着用という習慣であろう。というのも、あらゆる生き物は、気候の厳しさから身を守るのに十分な覆いを、自然に備えているからである。それに、新大陸の住民たちも、衣服を身につけずに、われわれと同じような気候のもとで暮らしている。われわれは、服の着用という習慣のせいで、もはや寒さに耐えられなくなってしまったのだ。

第36章「小カトー*について」

われわれは、現代の堕落した生き方に慣れてしまっている。そのため、古代人の美しく立派な行為に対しても、なにかしら卑しい解釈を与えて、その輝かしい栄光を曇らせようとする。小カトーは、カエサルに対する恐怖から死んだのではない。彼は、敗北後も生き長らえることを拒むために、いさぎよく死を選んだのだ。

* ローマの政治家・作家（前234-前149）。カエサルの政敵で、最後はカルタゴ北西のウティカで自害した。

第37章「われわれは、同じことで泣いたり笑ったりする」

われわれの心には、さまざまな情念が混在しており、もっとも弱い感情でさえも、ときには支配的になって心を動かすことがある。だからこそ、戦争に勝った人や復讐をなしとげた人が、宿敵の死を悔やんで泣いたという話がいくつもあるのだ。われわれの心は、急激な感情の動きによって目まぐるしく変転するために、われわれ自身でもとらえることができない。

第38章「孤独について」

「人間は一個人のために生まれたのではなく、公共のために生まれたのだ」と言う人々がいる。だが、こうした主張をする人々のほうが、むしろ公共の利益から個人の利益を引き出そうとしているのではないではないか。われわれは、自由に生きることができるように、自己の孤独を確立しておかなければならない。そのためには、世間との結びつきや束縛を断ち切って、自己を取り戻し、自分で自分自身に満足できるようになることが必要だ。

第39章「キケロ*に関する考察」

キケロと小プリニウス**の著作には、彼らの並はずれた野心を示す証拠が見いだせる。彼らは、友人たちに宛てた私信までも公表して、おしゃべりや無駄話から名誉を引き出そうとしたのである。この二人のローマの執政官が、暇にあかせて立派な書簡を書きつづり、それによって名文家の評判を得ようとしたのは、政治家としてふさわしくないことだ。

*　ローマの政治家・作家（前106-前43）。
** ローマの政治家・作家（61-122）。

第40章「幸福や不幸の味わいは、大部分、われわれの考え方しだいであること」

われわれが不幸とか苦痛とか呼んでいるものは、それ自体は不幸

でも苦痛でもなくて、われわれの想像力がそうした性質を与えているにすぎない。ある人々は、死や、貧困や、苦痛などを恐ろしいものとみしている。ところが、世間には、死に直面しても平然としていた人々や、貧乏をものともしなかった人々や、勇気や忍耐力によって苦しみを乗り越えた人々の例がいくつもある。ようするに、各人の心の持ち方次第で、われわれは幸福にもなれるし、不幸にもなれるのだ。ものごとそれ自体は、それほど不幸でもないのに、われわれの精神力の弱さが、ものごとを不幸なものにしているだけなのだ。

第41章「**みずからの名声は人に分配しないこと**」

われわれは、名声や栄光にこだわるあまり、富や心の安らぎ、生命や健康といった現実的な幸福を捨ててまで、ひたすら世間の評判を求めようとする。友人が困っていれば、われわれの財産や生命を貸してやるけれど、自分の名声をゆずったり、自分の栄光を他人に与えたりすることは、あまり見られない。

第42章「**われわれのあいだの個人差について**」

人間以外のあらゆるものは、それぞれに固有の特質によって評価されるのに、人間だけは、富や地位や名声といった、その人を取り巻くものだけで評価されている。しかし人間は、その外見(そとみ)ではなく、その人に固有の特質によって評価すべきなのだ。そうすれば、王もただの人間にすぎないことが分かるだろう。ところで、財産や地位に恵まれることほど、やっかいで、人を不幸にするものはない。王侯たちは、享楽的な生活に慣れきっているので、快楽を正しく味わうことができない。彼らは、その表情から心にいたるまで監視されており、少しでもあやまちを犯せば、民衆から暴君扱いされる。したがって、王侯の利点というものは、想像上のものにすぎないのだ。

第43章「奢侈（しゃし）取締礼*について」

ぜいたくを規制しようとする法律は、その目的に反している。というのも、ぜいたく品を民衆に禁じることは、それらの価値を高め、かえって浪費をうながすことになるからだ。むしろ、王侯たちが率先して浪費をやめれば、わざわざ法律を出さなくても、民衆をぜいたくな生活から引き離すことができるはずなのだ。フランスの全土が、宮廷の作法や規律を、規則として受け止めている。だから、国王が風変わりな習慣や身なりを軽蔑しさえすれば、国内の風紀も正されることだろう。

* 16世紀のフランスでは、イタリアの影響を受けてぜいたく品が流行したため、一部の衣服の着用を民衆に禁じる奢侈取締礼が国王によって発布されることがあった。

第44章「睡眠について」

睡眠は、勇敢さや豪胆さと矛盾するものではない。古代の英雄たちは、しばしば重大な戦争にのぞんでも、まったく平常心を失わず、眠る時間をけずることもしなかった。

第45章「ドルーの戦い*について」

ドルーの戦いで起こった出来事からは、次のような考え方をすることができる。つまり、大将はもちろん、それぞれの兵士がめざす目標は、全体としての勝利なのだから、そのためには味方の一部を犠牲にすることもやむをえないのだ、と。

* 1562年12月9日に、ギーズ公フランソワとサン＝タンドレ元帥ひきいるカトリック軍が、コリニー提督とコンデ公ひきいる新教軍とおこなった戦い。カトリック軍が勝利を収めたものの、サン＝タンドレ元帥が戦死し、両軍の指揮官も相手の捕虜となった。

第46章「名前について」

よい名前をもつことは、その人に対する信用や評判ともつながるので、たいへん望ましいことだと言われている。しかし、個人の能力や人となりは、その人の名前から来ているのではない。

第47章「われわれの判断の不確実なことについて」

なにごとにも、賛成であれ、反対であれ、いくらでも理由をつけることができる。兵士たちの武具については、美しく装わせたほうが名誉への刺激になる、という考え方がある。しかし他方で、兵士は豪奢な武具をつけると、危険をおかすことを恐れてしまう、という理屈もありうる。さらに、兵士たちが闘争心を高めるために、敵に対して罵詈雑言を浴びせることがある。だが、相手を挑発することは、彼らの攻撃を強めることにもなりかねない。さまざまな出来事や結果は、とくに戦争においては、ほとんどが運命に左右される。われわれの企てや決心も、同じように運命に支配されているのだ。

第48章「軍馬について」

軍馬はさまざまな戦いにおいて、勝利に貢献してきた。そのため、人民の反乱を抑えるために、馬の所有を禁じた国家もあったほどである。ある国家では、乗馬による事故を避けるために、騎馬戦よりも徒歩での戦いが好まれた。軍馬はときとして、兵士たちの飢えをふせぐのにも役立った。さらには、その頑丈さや優雅さによって人々を驚嘆させた馬もいた。

第49章「昔の習慣について」

われわれは、自分の生まれ育った習慣を基準にして考え、ほかの習慣を非難しがちである。だが、習慣ほど急激に変わりやすく、一律に判断しにくいものはない。古代ローマ人の習慣は、身だしなみや礼儀作法から、食事やテーブル・マナーにいたるまで、われわれの習慣と異なっていた。彼らは、美徳や悪徳の面でも際立っていたので、ときには放埒でぜいたくな習慣をもっていた。

第50章「デモクリトス*とヘラクレイトス**について」

どんな話題であれ、判断力を試すための材料になる。というのも、高尚なものであれ、身近なものであれ、あらゆる題材を通して、われわれの本当の姿を知ることができるからだ。ヘラクレイトスは、人間のありさまに対して、同情と憐れみの念を感じていたから、いつも悲しい顔をしていた。だが、デモクリトスは、人間をこっけいなものと考えていたから、つねに皮肉めいた笑いを顔に浮かべていた。

* トラキア出身の哲学者（前460頃－前370）。レウキッポスの弟子で、原子論を完成させた。
** 小アジアの哲学者（前6世紀－前5世紀）。

第51章「ことばの空しさについて」

修辞学とは、ものごとを飾り立てることにより、われわれの判断をあざむく術にすぎない。この技術は、民衆を操って動かすために考え出されたものであり、古代ローマでは、国家が内戦の嵐に揺さぶられていた時代に、修辞学がもっとも栄えた。

第52章「古代人の倹約ぶりについて」

古代の偉人たちや武将たちは、質素倹約という点でも、われわれの模範となる人物であった。

第53章「カエサルの一句について」

われわれは、なにを享受しようと、それだけに満足することができず、ひたすら未来のもの、未知のものを追い求める。

第54章「どうでもいいことに凝ったりすることについて」

世間では、つまらないことに凝って、人々の評判を得ようとする人々がいる。しかし、どうでもいいことなのに、ただ珍奇で目新しいから、困難だからといって、それらをもてはやすのは、われわれの判断力が弱いことの証拠なのだ。

第55章「匂いについて」

匂いには、体臭や香水の匂い、料理の匂いや町の匂いなど、さまざまな種類がある。教会の香のように、われわれの精神を清らかにする匂いもあれば、薬味の匂いのように、われわれの食欲をそそる匂いもある。

第56章「祈りについて」

どんなことにも神の助けを求めるのは、まちがっている。神の正義と力は、切り離すことができない。だから、神に祈るときには、正しい心をもち、われわれの邪心を取りのぞいておかなければならない。また、われわれの信仰の秘儀をつたえる聖書が、多くの国語に翻訳されて広まり、民衆のおしゃべりの題材になっているのも、許されるべきことではない。聖書とは、ただのお話ではなく、畏敬し、崇めるための物語である。これを民衆のことばに焼き直すことは、聖書の解釈を自由で変わりやすいものにし、神聖なことばを汚してしまうおそれがある。

第57章「年齢について」

われわれは、老衰によって死ぬことを自然死とよんでいる。だが、自然死こそ、めったにない、異常ともよぶべき死であり、ほかの死にくらべて不自然なものだ。というのも、われわれは、生まれつき、いろいろな災難にさらされており、いつ寿命がとぎれるか分からないからだ。人間のりっぱなおこないは、今も昔も、ほとんどが30歳以前になされている。だから、体力や知力が活発な若者たちを、なるべく早くから職務や仕事につかせたほうがよい。

第二巻

第1章 「われわれの行為の移ろいやすさについて」

安定した歩みによって人生を構築することは、知恵の主たる目的とされている。しかし、古代全体を通しても、そのような生き方をした人は、非常に珍しい。というのも、人間のおもな特徴は、変わりやすく一貫性がないという点にあるからだ。われわれは、欲望のおもむくままに行動し、状況の変化に応じて意見を変える。われわれは数多くの断片からできており、それぞれの断片は、まとまりをもたないから、瞬間ごとに勝手な動きをする。だから、われわれとわれわれ自身とのあいだには、われわれと他人とのあいだにも等しい差異が見いだされるのである。

第2章 「酔っぱらうことについて」

悪徳には、さまざまな種類や度合いのものがある。なかでも、酔っぱらうことは、分別を失わせるだけでなく、肉体までも麻痺させるという点で、野蛮で荒々しい悪徳であるように思われる。だが、この酩酊という悪徳は、ギリシア・ローマの時代にはあまり非難されなかったし、当時の哲学者たちさえも、これを大目に見ていた。おそらく、ほかの悪徳に比べれば、それほど悪意や危害がないものであるし、手間のかからない楽しみでもあるからだろう。

第3章 「ケオス島*の習慣」

人生には、死そのものよりも、はるかに耐えがたい出来事がいくつもある。そのため、ある人々は、われわれが生きるのに辛くなったときには、みずから命を絶ってもよいと考えた。しかし、他の人々は、不幸から逃れるために死ぬことよりも、逆境にめげ

ずに生き続けることのほうに、本当の勇敢さが見られるのだ、と説いた。歴史のなかには、さまざまな理由によって死を選んだ人物の逸話がある。ある兵士は、名誉のふるまいを示すために自決したが、ある聖女は、貞潔を守り通すために自殺した。またある人は、さらに大きな幸福を手に入れようとして、みずから来世へと旅立っていった。

＊ 現在の「ケオス島」のことで、ギリシアのエウボイア島の南沖にある島。古代、この島の住民たちには、正当な理由であると政府が認めた場合には、自殺することが許されていた。

第４章 「用事は明日に」

重大な用事をあとに延ばしたために、あやうく惨事をまぬがれた人もいれば、それとは反対に、危機的な事態におちいった人もいる。そのため、人間のすることを正しく判断して、運命がそこに介入しないようにするのは、けっして容易なことではない。

第５章 「良心について」

良心の力は、ほんとうに恐ろしいものである。良心はわれわれを非難させ、われわれの心の奥底にあるものを、いやおうなしに暴き出す。その一方で、良心は、われわれの心が潔白であるときには、われわれに安心と自信を与えてくれる。こうした良心の力を利用するために生み出されたものが、裁判における拷問*という手法である。だが、拷問に耐えられるほどの強い人ならば、真実を隠し通せるわけだし、それとは逆に、拷問に耐えられない人ならば、ひどい苦痛から逃れようとして、どんなことでも言いかねない。その結果、裁判官は無実の者にも嘘をつかせ、拷問で苦しめて殺すことになる。それに、ギリシア人やローマ人から野蛮人と呼ばれていた古代の民族でさえも、拷問を恐ろしくて残酷な行為だと考えていた。したがって、拷問は、なんの役にも立たないばかりか、きわめて非人道的な手法なのでもある。

＊ 裁判において拷問を用いることは、国王フランソワ一世が発布したヴィレル・コトレの王令（1539年）によって認められていた。ちなみに、フランスで拷問が廃止されるのは1780年のことである。

第６章 「実地に学ぶことについて」

われわれは、ほとんどの災いに対してならば、慣れや経験によって、みずからの精神を鍛えることができる。だが、死については、一度しか体験できないものだから、どんな訓練も助けにはならない。とはいえ、少しでも死に近づき、死に慣れ親しむための、なんらかの方法はあるはずだ。たとえば、睡眠や気絶は、われわれから感覚を奪いとるという点で、ほとんど死に近い状態だと言える。モンテーニュはかつて、落馬事故によって大怪我を負い、昏睡状態におちいったことがあるが、そのときの臨死体験を通して、死に対する恐怖心を和らげることができた。このように、だれでも自分の身に起きたことがらをよく観察すれば、自分のためになる教訓が見つかるはずだ。そのためには、ひたすら自分を眺め、自分について調査・研究しなければならない。

第７章 「名誉の報酬について」

ある人の徳行や勇気を讃えるために、それ自体には内実も価値もない、なんらかの報賞を与えるというのは、世界のあらゆる国でおこなわれている。たとえば、月桂樹や樫の木などの冠、ある様式の服装、公式の集まりでの特別席、称号や肩書きなどが、そうした報賞にあたる。こうした名誉の報いは、ごくわずかの人にしか享受されないものであるから、多くの人にばらまいてしまうと、その価値や尊さが失われることになる。

第８章 「父親が子供に寄せる愛情について」

本当の愛情というのは、われわれが子供たちを理解するにしたがって、生まれて増大してゆくはずのものである。たとえ子供たちが期待どおりにならなくても、われわれは彼らを同じように愛

し、われわれにできるかぎりのものを、彼らの生活に与えてやるべきである。子供たちが一人前になったというのに、自立するのに必要な財産を彼らに与えないのは、残酷でもあり、正しくないことでもある。子供たちから尊敬されるようになりたいのなら、自分の年齢と子供の年齢がほとんど同じにならないように、あまりに若いうちに結婚するべきではない。ところで、われわれが生み出すもので、実際の子供たちと同じくらい大切なものが、われわれの思考や才能による産物（すなわち文芸作品や芸術作品）である。実際の子供たちの場合には、その価値はほとんど彼ら自身に属するものであるが、これらの精神的な産物については、その美しさも価値も、すべてわれわれ自身のものなのだ。

第9章「パルティア人*の武器について」

現代の兵士たちは、最後のどたん場にならないと武器をとらないし、少しでも危険が遠のけば武装を解こうとするが、これこそ彼らの軟弱さに由来する習慣であろう。古代の兵士たちは、武具の頑丈さよりも、むしろ精神力の強さを誇りにしていた。それに、重厚な武具を身につけると、かえって武具のせいで身動きがとれず、命を落としてしまう危険があるし、戦闘力を低下させることにもなるのだ。

* パルティアは、前3世紀のイラン系のイラン人が、イラン北東部に建国した王国。機動力のある軽騎兵で、重装のローマ軍を苦しめたことで知られる。

第10章「書物について」

モンテーニュが『エセー』を書くのは、学問的なことがらを読者に教えるためではなく、自分自身のことを知ってもらうためである。彼は、古代作家の権威に寄りかかるために、彼らの文章を引用しているのではない。そうではなくて、モンテーニュ自身がうまく言い表せないことを、他人の言葉を借りて表現しているだけなのだ。ところで、モンテーニュにとっての読書とは、たんなる

楽しみや暇つぶしだけではなく、自己認識を深めるための手段でもある。詩において彼が好むのは、ウェルギリウス*、ルクレティウス**、カトゥルス***、ホラティウス****といった、わざとらしさや凝りすぎを避けた詩人たちである。モンテーニュはまた、プルタルコス*****やセネカ******のような、簡潔にして適切な書き方を好む。歴史書は、人間の内面の多様性や真実が描かれているという点で、彼がもっとも愛読するものである。モンテーニュは、自分が知りえたことだけを忠実に報告する歴史家や、人物の意図を見きわめて、信憑性のあるものを選び出すことのできる歴史家を好む。しかし、多くの歴史家たちは、自分勝手な判断によって、素材に変更やアレンジを加えるため、歴史を好きなように曲げてしまいがちである。

* ローマの詩人（前70-前19）。代表作は『アエネイス』のほか、『牧歌』や『農耕詩』など。
** ローマの詩人（前94頃-前55頃）。代表作に『事物の本性について』がある。
*** ローマの詩人（前84頃-前54頃）。代表作に『歌集』がある。
**** ローマの詩人（前65-前8）。代表作は『風刺詩』や『歌集』など。
***** ギリシアの思想家・著述家（46頃-120頃）。代表作は『英雄伝（対比列伝）』や『倫理論集（モラリア）』など。
****** ローマの政治家・思想家（前4-後65）。

第11章「残酷さについて」

徳というのは、われわれの内心に生じる善への傾向よりも、いっそう高貴で力強いものであるように思われる。ストア派やエピクロス派によれば、徳のある人物とは、過酷さや困難さに立ち向かい、われわれの内部にある悪しき欲望と戦う人物のことである。だが、ほかの哲学者たちは、理性の歩みにかなった、規律正しくおだやかな心の持ち主こそが、徳のモデルであると考えた。ところで、モンテーニュは生まれつき、「邪気のなさ（イノサンス）」という、徳に近い性質を身につけているおかげで、ほとんどの悪徳を嫌う傾向にある。彼は他人の悲しみや苦しみには、すぐに同情してしまう。だから、生きている人間を拷問にかけて苦しめるのは、モンテーニュにとってはおぞましいことなのだ。また、罪もない動物

略歴

編者
久保田剛史（くぼた・たけし）
青山学院大学文学部教授
主要著書
Montaigne lecteur de la Cité de Dieu d'Augustin
『キリスト教と寛容　中近世の日本とヨーロッパ』（共著）
主要訳書
アラン・ヴィアラ『作家の誕生』（共訳）
ロランス・ドヴィレール『思想家たちの100の名言』

訳者
宮下志朗（みやした・しろう）
放送大学・東京大学名誉教授
主要著書
『本の都市リヨン』『書物史への扉』『モンテーニュ』
主要訳書
モンテーニュ『エセー』（全7冊）
ラブレー『ガルガンチュアとパンタグリュエル』（全五巻）
『フランス・ルネサンス文学集』（全三巻）

モンテーニュの言葉
人生を豊かにする365の名言

二〇一九年　八月一五日　印刷
二〇一九年　九月　五日　発行

編　者　©　久　保　田　剛　史
訳　者　©　宮　下　志　朗
発行者　　　及　川　直　志
印刷・製本所　図書印刷株式会社
発行所　　　株式会社　白　水　社

東京都千代田区神田小川町三の二四
電話　営業部〇三（三二九一）七八一一
　　　編集部〇三（三二九一）七八二一
振替　〇〇一九〇‐五‐三三二二八
　　　郵便番号　一〇一‐〇〇五二
www.hakusuisha.co.jp
乱丁・落丁本は、送料小社負担にて
お取り替えいたします。

ISBN978-4-560-09715-1
Printed in Japan